Valdarno - geheimnisvolle Toskana
Masaccio und der Pfirsich Elberta

Barbara de Mars

Valdarno - geheimnisvolle Toskana
Masaccio und der Pfirsich Elberta

Bibliografische Information der Deutschen Nationalbibliothek:
Die Deutsche Nationalbibliothek verzeichnet diese Publikation in der Deutschen
Nationalbibliografie; detaillierte bibliografische Daten sind im Internet über
http://dnb.dnb.de abrufbar.

Illustration: **Bernardo Manetti**
Cover: *„Mariä Verkündigung" (Detail, 1994) Lorenzo Bonechi*
Widmung: **Christoph Wilhelm Aigner: „Vom Schwimmen im Glück", DVA 2001**
Herstellung und Verlag: BoD – Books on Demand, Norderstedt

ISBN: 978-3-8423-6569-8

Übergänge

Seh aus dem Traum
mit anderen Augen
Geh anders wieder
in den Traum

Christoph Wilhelm Aigner

Meinen Eltern
und für Anna und Samuel

INHALT

VORWORT

In weniger als einer Autostunde erreicht man von unterschiedlichen Ecken des Valdarno die Kunststädte Florenz, Arezzo und Siena. Der Valdarno im Herzen der Toskana ist über die Autobahn A1 mit den Ausfahrten Incisa - Reggello und Valdarno - San Giovanni, sowie die gut ausgebaute Zugverbindung auf der Trasse Florenz - Arezzo leicht zugänglich. Die nächstgelegenen Flughäfen sind Florenz, Pisa, Bologna und Rom.

Im Italienischen sind Täler weiblich. Nur das Arnotal wird mit dem männlichen Artikel versehen. Deswegen wird analog hierzu das Arnotal im Buch „der Valdarno" genannt.

Mit seiner abwechslungsreichen Geschichte, die vor Jahrtausenden beginnt und Etrusker, Hannibal, Römer und die Medici gesehen hat, bietet der Valdarno heute Erlebnisse für jeden Geschmack und die verschiedensten Interessen, von Museen und kulturellen Angeboten über kulinarische Streifzüge und Wanderungen in den sogenannten „Balze" (Lehm- und Steinformationen) im Tal oder im Pratomagnogebirge und in den Hügeln des Chianti. Die im Buch beschriebenen Orte und Wanderrouten gibt es wirklich. Es möchte anregen, die Schönheit in einfachen Dingen zu sehen und gleichzeitig hinter die Fassade zu blicken, um ein tieferes Erleben und Verstehen von Land und Leuten zu ermöglichen.

Herzlichen Dank an Stefania Papi für die Nutzung eines Details der „Mariä Verkündigung" (1994) von Lorenzo Bonechi als Titelbild. Für ihre Expertise, Ratschläge, Geduld und Freundschaft danke ich Christoph Wilhelm Aigner, Lucia Bencistà, Fabrizio D'Aprile, Carlo Fabbri, Maurizio Giovani, Bernardo Manetti, Anja Pochhammer und Giorgio Torricelli.

Weitere Anregungen, was Sie im Valdarno erleben und besichtigen können, finden Sie im Blog Valdarno365.

In diesem Sinne: *Buone vacanze!*

DER VALDARNO

Was würde sie erwarten? Dunkel umfing sie der Tunnel und sie hörte lediglich das dumpfe regelmäßige Rattern der Räder, gleich dem Pulsschlag in ihren Adern. Die Luft im Abteil war stickig, obwohl alle Fenster geöffnet waren. Ungeduldig rutschte sie auf dem kobaltblauen Plastiksitz hin und her. Die Jeans klebte an den Beinen und es roch nach Schweiß und langer Fahrt.

Als der Zug schließlich aus dem Dunkel auftauchte, meinte Julia in einer anderen Welt zu sein. Sie blickte nach links auf eine Bergkette, die sich imposant in der Nachmittagssonne auftürmte, während der Zug sich weiter in den Valdarno wälzte und immer neue Perspektiven eröffnete. Wie in einer Nussschale lag das Tal vor ihr, als sei es eine in sich abgeschlossene, kleine Welt. Es war ein sonniger Tag Anfang August, der Himmel strahlte in luftigem Hellblau und die Olivenhaine schimmerten silbrig-grün auf den Hügeln.

Julia war ihren Eltern dankbar, dass sie ihr zum bestandenen Bachelor in Kunstgeschichte eine Sprachreise in die Toskana spendiert hatten. Auch weil sie nicht wusste, wie sich ihr künftiges Leben gestalten würde und ob sie ein Masterstudium anhängen sollte. Aussicht auf eine konkrete Arbeit hatte sie nicht.

Und noch aus einem anderen Grund war sie froh, der gewohnten Umgebung zu entfliehen, aber das hatte sie ihren Eltern nicht erzählt. Einige Wochen zuvor war ihre Beziehung zu Johannes zerbrochen. Sie hatten sich vor mehr als zwei Jahren an der Uni kennengelernt, er war der praktische Jurist und sie die „Feingeistige". Ihr gemeinsamer Freundeskreis fand, sie würden sich gut ergänzen und sie war froh, dass Johannes sie mit seiner konkreten Art erdete.

Nachdem er gerade sein Staatsexamen mit Auszeichnung abgeschlossen hatte, wurde ihm eine Arbeit in einer anderen Stadt angeboten und wenige Tage später hatte er ihr kurzerhand eröffnet, dass er hiermit ihre gemeinsame Zeit für beendet erachte, denn *„eine Fernbeziehung funktioniert eh nicht"*. Julia fühlte sich überrumpelt und gedemütigt und obwohl sie sich bemühte, Johannes' Argumentation zu verstehen, hörte es sich an wie ein Vorwand für eine bereits seit längerem gefällte Entscheidung. Sie erinnerte sich noch, wie Johannes während des ganzen Gesprächs unaufhörlich die Gläser seiner Brille putzte und es dabei vermied, ihr in die Augen zu schauen. Dabei hatte sie geglaubt, dass trotz ihrer unterschiedlichen Charaktere seine Gefühle für sie tiefer gingen. Was für ein Irrtum.

Sie nahm ihr Handy aus der Tasche, auf dessen Display immer noch ein Foto von Johannes eingebrannt war und tippte mit dem Zeigefinger auf die Funktion „Löschen". Dann hielt sie das Handy willkürlich auf das Panorama, das sich vor ihr auftat und drückte auf den Auslöser.

Julia betrachtete ihr neues Display: das erste Drittel des Berges war mit Häusern gesprenkelt. Auf halber Höhe des Berges sah sie einen hellen Fleck, der aussah wie ein Haus mit einem Turm in der Mitte. Darüber lag nur noch der Berg, unbewohnt, verlassen, wild. Julia fand, das Foto sei so gut wie jedes andere, Toskana eben, und beließ es dabei.

Um sich abzulenken, sah sie abwechselnd aus dem Fenster und betrachtete dann ihre Mitreisenden. Das breite Flussbett des Arno, der jetzt im Hochsommer einem unscheinbaren Rinnsal glich, begleitete ihre Fahrt. Sanft lehnte sich der Zug in die Kurven. Die anderen Passagiere starrten meist auf ihre Smartphones. Auf dem Sitz vor ihr saß eine Frau in den Dreißigern, die kastanienfarbenen langen Haare fielen stufig weich auf die Schultern und die Finger mit sorgfältig rot lackierten Nägeln tippten in Windeseile eine Nachricht nach der anderen. Eine holländische Touristenfamilie mit drei blonden Kindern unterhielt sich angeregt über die Erlebnisse des Tages, den sie in Florenz verbracht hatte.

Auch Julia war gleich nach ihrer Ankunft in Florenz noch am Vormittag zur Kirche Santa Maria del Carmine geeilt, um in der Brancacci-Kapelle den Gegenstand ihrer Bachelorarbeit zu betrachten: die Fresken von Masaccio, Masolino und Lippi.

Von allen drei Künstlern hatte Masaccio sie seit jeher am stärksten gefesselt. In seiner „Vertreibung aus dem Paradies" konnte sie aus den Gesichtern von Adam und Eva die entsetzte Verzweiflung der beiden ablesen, im „Zinsgroschen" entwickelte Masaccio in einem einzigen Bild nur durch die Gesten der Figuren eine dramatische Handlung samt Wunder und Auflösung. Julia war begeistert von dem revolutionären Realismus Masaccios, von den manchmal grobschlächtigen, volksnahen Figuren, die auch heute noch beim Fleischer hinter der Theke stehen oder an der Bar einen heben könnten.

Masaccio hatte nicht nur der Malerei Anfang des 15. Jahrhunderts eine ganz neue Wendung gegeben, indem er von den vergeistigten, weich geschwungenen und verzierten Figuren der internationalen Gotik abrückte. Auch heute Morgen, rund 600 Jahre später, hatte er es vermocht, durch seine kraftvollen, zeitlosen Geschichten, seine Farben und sein Licht das Herz der jungen Frau zu berühren.

Eine halbe Stunde nach ihrer Abfahrt vom Bahnhof Santa Maria Novella in Florenz hielt der Zug kurz in der kleinen Stadt Figline. Die holländische Familie und viele andere Reisende stiegen aus, so dass Julia mehr Platz und Luft hatte. Aber sie genoss das gewonnene Privileg nicht, denn die nächste Haltestelle war San Giovanni Valdarno. Hier würde sie die kommende Woche verbringen.

Sie dachte zurück an die letzten Monate, den Stress der Prüfungen, der sie wie in einen Sog gezogen hatte, der Tunnelblick auf ihre Aufgabe, die Zweifel und Anspannung, bevor das Ergebnis feststand. Aber was hatte sie mit dem Bachelor eigentlich erreicht? Masaccio, der noch vor Vollendung des 27. Lebensjahres gestorben war, hatte die Meisterwerke in der Brancacci-Kapelle von heute Morgen in Julias Alter gemalt.

Sie strich energisch eine widerspenstige blonde Haarsträhne aus der Stirn, als eine weibliche Stimme vom Band in abgehackten Satzteilen ankündigte: *„Prossima stazione – San Giovanni Valdarno - next stop – San Giovanni Valdarno"*.

Ohne dass Julia wusste warum, begann ihr Herz aufgeregt zu klopfen und während der Zug langsam in den Bahnhof einrollte, beschloss sie, die Zeit in der Toskana zu genießen und das Beste aus den nächsten Tagen zu machen. Sie nahm ihren Koffer und ging die paar Meter bis zur Wagontür, wo sich durch das verschmierte ovale Fenster das ziegelrote Gebäude des Bahnhofs in ihr Blickfeld schob.

Schrill quietschten die Bremsen und der Zug hielt an. Der abrupte Halt brachte sie fast aus dem Gleichgewicht. Ungestüm riss sie den roten Türhebel nach oben und die Tür öffnete sich zögernd wie eine Verheißung. Sie beeilte sich auszusteigen und zog den Koffer nach. Auf dem Bahnsteig fiel ein junges Mädchen mit einem überschwänglichen *„Amore!"* dem Mann hinter ihr um den Hals, kaum dass er die Füße auf den Boden gesetzt hatte und die beiden küßten sich wie auf Francesco Hayeks Bild. Es schien Julia unangemessen, dieses offensichtliche Glück länger zu betrachten, deshalb wandte sie den Blick ab und suchte den Ausgang.

Das Tal des **Valdarno Superiore zwischen Florenz und Arezzo** entstand im Wesentlichen bereits vor 7 Millionen Jahren. Im Nordosten wird es durch das Bergmassiv des Pratomagno begrenzt, dessen höchster Gipfel auf 1592 Metern liegt. Im Südwesten bilden die Hügel des Chianti eine natürliche Abgrenzung. Der Fluss Arno durchquert das Tal der Länge nach auf seinem Weg Richtung Florenz.

Seit der Steinzeit gibt es Zeugnisse der Besiedlung des Valdarno. Unter anderen waren Etrusker und Römer im Tal ansässig. Im Mittelalter wurde es von Florenz, Arezzo und Siena hart umkämpft und geriet schließlich mehr und mehr in den florentiner Einflussbereich.

Einst bekannt als die „Kornkammer" von Florenz, gediehen im 19. und 20. Jahrhundert besonders die metallverarbeitende Industrie sowie die Textil- und Lederbranche.

EINE ITALIENISCHE FAMILIE

Der war schnell gefunden, die Leute strömten durch einen engen Ausgang neben dem Bahnhofsgebäude wie durch ein Nadelöhr. Während Julia sich in den Strom der Reisenden einreihte, fragte sie sich, wie wohl ihre Gastfamilie sein würde, bei der sie die nächste Woche verbringen sollte. Auf dem Bahnhofsvorplatz manövrierten Autos und parkten chaotisch. Wie Ameisen und dennoch zielstrebig liefen die Menschen ihren unbekannten Zielen entgegen.

Julia hielt inne und suchte nach dem schmalen, blondgerahmten Gesicht der Gastmutter, deren Foto sie auf Facebook gesehen hatte. *„Giulia?"* Die Stimme klang angenehm und nur ganz sacht schwang darin die Möglichkeit, dass der Mann neben ihr sich geirrt haben könnte, als er ihren Namen auf Italienisch aussprach. Er mochte ungefähr Mitte fünfzig sein, war untersetzt und nur wenig größer als sie. Eine dunkle Hornbrille ließ ihn älter erscheinen und gab ihm ein seriöses Auftreten. Im Gegensatz zu den meisten leger gekleideten Reisenden trug er einen beigen Baumwollanzug, darunter ein sportliches rosa T-Shirt mit Kragen. Als sich ihre Augen begegneten, war Julia überrascht, wie schön die seinen trotz der dicken Brillengläser waren und wie einnehmend durch die gutmütige Freundlichkeit, die sie ausstrahlten.

Die Aufregung und Anspannung wich aus Julias Zügen und sie erwiderte in korrektem Italienisch: *„Eccomi"* - (Hier bin ich). Der Mann streckte ihr die Hand entgegen und stellte sich vor: *„Buonasera, Marcello"* und zog sie dann behutsam an sich und begrüßte sie nach italienischer Sitte mit einem angedeuteten Kuss rechts und links auf die Wangen. Wie selbstverständlich nahm er ihr in väterlicher Manier den Koffer ab und bugsierte ihn zu einem in der Auffahrt zum Bahnhof in zweiter Reihe parkenden Fiat Tipo.

Ehe sie sich versah, fuhren sie schon durch die Stadt, wobei ihr Gastvater Marcello auf die Gebäude rechts und links deutete und erklärte: *„Hier ist der Supermarkt - dort ist die Post."* Die Straßen waren geradlinig und breit, aber Julia konnte sich die Lage der Gebäude, die Marcello ihr zeigte, nicht merken, da sie die Stadt nicht kannte. Nach wenigen Minuten hielt das Auto bereits vor einem unspektakulären, aber gepflegten Haus mit Vorgarten, das um die Mitte des 20. Jahrhunderts erbaut sein mochte.

Der Eingang zur Gartentür war überdacht. Vor den Fenstern im Erdgeschoss spendeten orangene Markisen mit runden Volants, wie sie in den 70er Jahren in Mode waren, Schatten. *„Hier sind wir. Marta erwartet dich schon, sie bereitet* *das Essen vor. Prego.*" Mit galantem Schwung hielt Marcello ihr die Tür auf, was Julia ein bisschen peinlich war, denn sie fühlte sich nicht besonders damenhaft. Rasch schwang sie ihre langen Beine aus dem Auto, während Marta ihr bereits entgegeneilte.

Im Gegensatz zum korpulenten Marcello war Marta schlank und ihre Bewegungen eckig und schnell. Sie trug ein mit Bedacht gewähltes, farbenfrohes Kleid und modernen Schmuck an Hals und Armen, der bei jeder Bewegung fröhlich klimperte. Energisch zog sie Julia an sich, begrüßte sie freudig und organisierte in mütterlichem Tonfall, der keine Widerrede duldete, den weiteren Ablauf.

Als Julia sich in ihrem komfortablen Zimmer im obersten Stockwerk aufs Bett fallen ließ, war sie glücklich über den Verlauf des Tages. Das Ehepaar Marta und Marcello – sie Lehrerin an der örtlichen Oberschule und er Bankangestellter – machten einen warmen und herzlichen Eindruck.

Sie beeilte sich mit dem Duschen und Auspacken des Koffers. Eine Seite des Kleiderschranks war verschlossen und der Schlüssel abgezogen, so dass sie ihre T-Shirts, Jeans und Sneakers in den verbleibenden Schrankteil einräumte.

Es war fast 20 Uhr, als sie, immer zwei Stufen auf einmal, die Cotto- Treppen hinunter in den Wohnbereich nahm. Wohnzimmer, Küche und Esszimmer waren ein einziger großer Raum. Wer durch die Eingangstür aus dunklem Holz trat, stand mitten im Familienleben der Bonatti.

An der Wand gleich neben der Eingangstür befand sich rechts hinter einem kleinen Glastisch mit einer Schüssel Bonbons die helle Sofagruppe. Über dem Sofa und an den Wänden hingen verschiedene Stillleben in Öl. Die gesamte gegenüberliegende Wand nahm ein Bücherregal ein, mit teils alten Buchrücken sowie Fotobänden und Romanen. Rechts hinten lag die offene Edelstahlküche und davor, zwischen Küche und Sofagruppe, war Platz für einen modernen Esstisch aus Glas und vier gepolsterte Stühle mit hohen Lehnen.

Es war das gepflegte Ambiente einer Familie der Mittelklasse. Kein Stäubchen war zu sehen, alles im Leben des Paares schien seit Jahren seinen festen Platz zu haben. Wie in Italien üblich, hatten die Fenster keine Vorhänge, sondern außen angebrachte hölzerne Fensterläden, die halb geschlossen waren, um die sommerliche Hitze fernzuhalten. Dadurch lag das Zimmer im Halbdunkel. Eine Energiesparlampe in der Küche verbreitete ein diffuses Licht.

Auf dem Esstisch waren bereits Platten mit *Antipasti* angerichtet: *Crostini salsiccia e stracchino* – geröstete Weißbrotscheiben mit Weichkäse, vermengt mit einer würzigen Bratwurst, im Ofen überbacken - *Crostini rossi* mit gehackten Tomaten und Basilikum, *Prosciutto crudo*, ein roher Schinken ähnlich dem San Daniele, *Finocchiona*, eine frische, noch weiche Fenchelsalami, Oliven, Pecorino- Käse und dazu Honig in kleinen Schälchen. Marcello erklärte jedes einzelne Gericht und fragte: *„Ein Glas Rotwein? Du trinkst doch Wein?"* Julia nickte, während Marta die Pasta auf dem Gasherd und den Braten im Ofen kontrollierte.

Marcello goss aus einer grünen Flasche ohne Etikett den Rotwein in die geschliffenen Kristallgläser und aus einer Karaffe Leitungswasser in die kleineren Gläser daneben. Zwischen den Dreien herrschte sofort eine heitere Stimmung und Julia fühlte sich bereits wie eine Tochter angenommen. Marta erzählte überschwänglich von Lorenzo, ihrem einzigen Sohn, der gerade in Pisa sein Studium der Biologie abschloss. Er war nur wenig älter als Julia.

Nach den *Antipasti* zeigte Marta ihr die Fotos an der Wand, auf denen Lorenzo als Kind und Jugendlicher zu sehen war. Lorenzo bei der Erstkommunion, im Fußballverein, am Strand mit Freunden. Immer wieder sah Julia den Jungen neben einem alten Mann mit Schnauzbart und wachen Augen. Marta erklärte: *„Marcellos Vater. Die beiden waren ein Herz und eine Seele. Er hat Lorenzo die Liebe zur Natur vermittelt."*

Lorenzo hatte feine, intelligente Züge und die gleichen wachen Augen wie sein Großvater. Als Teenager mauserte er sich zu einem schlanken, sportlichen und attraktiven dunkelblonden jungen Mann. Links neben der Eingangstür, schräg vor dem Treppenaufgang stand ein Klavier und auf mehreren Fotos an der Wand entdeckte Julia Lorenzo im dunklen Anzug, wie er sich neben einem Konzertflügel verbeugte. Marcello war ihr Blick nicht entgangen und er nickte: *„Lorenzo hat gut Klavier gespielt."* Julia bemerkte den schnellen Blick, den Marta Marcello zuwarf, bevor sie Julia fragte: *„Kann ich die Pasta bringen?"*

Nach dem *Primo* kam das Roastbeef mit Rosmarin-Ofenkartoffeln und Julia meinte, gleich zu platzen, wollte aber nicht unhöflich sein und griff zu. Trotzdem war sie froh, als das Dessert an der Reihe war. Aus einer mit Wasser gefüllten Obstschale wurden Pfirsiche gereicht. Achtlos nahm sie den nächstbesten und biss in die noch unreife harte Frucht.

SAN GIOVANNI VALDARNO

„Gehen wir doch noch auf einen Sprung in die Stadt und nehmen dort einen Caffè", meinte Marcello. Wie in italienischen Familien Brauch, wurde ein Essen mit einem *Caffè* abgeschlossen. Marta setzte hinzu: *„Dann zeigen wir dir auch gleich, wo die Sprachschule liegt."* Julia half den beiden, Geschirr und Gläser in die Küche zu tragen, wo Marta alles in die Spülmaschine sortierte.

Nach einem kurzen Weg in die historische Altstadt gelangten sie auf die schnurgerade Fußgängerzone des Corso Italia. Hier wogten Menschenmassen auf und ab, Familien mit aufgeweckten kleinen Kindern, die in alle Richtungen stoben und zurückgerufen wurden, flanierende Paare und einzelne Spaziergänger, die Hunde an der Leine führten. Die Luft kühlte jetzt um 22 Uhr ein paar Grad ab, was die Leute lebhafter werden ließ und aus den Häusern lockte.

Die drei gingen den Grüppchen Halbwüchsiger aus dem Weg, die aufgeregt gestikulierend durcheinander redeten und ihre Smartphones bedienten. Dann kamen sie an den zentralen Platz von San Giovanni, Piazza Cavour. Unübersehbar lag rechter Hand ein mit Wappen übersätes Gebäude. *„Das ist der Cassero oder Palazzo d'Arnolfo"*, beeilte sich Marta zu erklären. *„Hier residierten einst die von Florenz gestellten Machthaber."* - *„Heute"*, fügte Marcello hinzu, *„befindet sich darin das Museum der 'Terre Nuove', das erklärt, warum die Florentiner im 13. Jahrhundert mehrere neue Städte, darunter auch San Giovanni, gründeten. Sieh es dir an, wenn du Zeit hast."*

Dann deutete er auf eine Löwenstatue mit verwittertem Maul, die vor dem Cassero stand: *„Und das ist der 'Marzocco', das Symbol unserer Stadt. Er blickt in Richtung Florenz."* Nicht ohne Stolz hob Marcello die Verbindung San Giovannis zu Florenz hervor, fügte dann aber erklärend hinzu: *„Hier auf dem Platz steht nur eine Kopie. Das Original befindet sich im Museum der 'Terre Nuove'".*

Die Stadt San Giovanni war – wie auch das kleinere Castelfranco in den Hügeln – 1296 von dem berühmten Architekten und Bildhauer Arnolfo di Cambio nach dem Vorbild eines antiken römischen Castrums geplant worden, mit einem großen zentralen Platz in der Mitte und zwei rechtwinklig abgehenden Achsen, sowie immer in rechtwinkliger Ordnung strukturierten, schmäleren Nebenstraßen. Die Stadt war ursprünglich von einer Stadtmauer mit vierundzwanzig Wachtürmen und vier Stadttoren umgeben, die allerdings nicht mehr erhalten sind.

Währenddessen war eine Gruppe Jugendlicher zielstrebig auf sie zugekommen. Sie wollten offensichtlich auf sich aufmerksam machen und grüßten Marta: *„Buonasera Prof"*. Marta bedeutete ihrem Mann und Julia, in das Caffè auf der Piazza zu treten, um so der Konversation mit ihren Schülern zu entgehen, die sie eh am kommenden Morgen wieder sehen würde.

Das einzige an der Piazza gelegene Caffè war eine Institution. Die schmiedeeisernen Tische draußen, das gedämpfte Licht innen und die Ausstattung mit dunklem Holz und ausladenden Spiegelwänden zeugten von einer Zeit, als das Caffè von einer gehobenen Klientel frequentiert wurde. Jetzt stand die betuliche Einrichtung in seltsamem Kontrast zu den jungen Gesichtern, die hinter dem Tresen lautstark die Bestellungen weitergaben. Dazu wummerten brasilianische Rhythmen durch den Saal. Das Publikum war gemischt. Ältere Damen mit sorgfältig frisiertem Haar, in deren Gesichter die Falten kuriose Landschaften gezeichnet hatten, standen neben jungen Leuten Anfang zwanzig in Baggy-Jeans, welche die Beine unproportioniert kurz erscheinen ließen. Einige Männer mittleren Alters diskutierten die Fußballspiele des aktuellen Spieltages und musterten Julia unverhohlen.

Julia hatte sich die schulterlangen, glatten blonden Haare zu einem lockeren Knoten gebunden und die Jeans mit dem einzigen leichten Baumwollkleid getauscht, das sie mitgenommen hatte, sowie die Mokassins gegen Ballerinas. Sie trug keinen Schmuck und außer einer Spur Mascara und Lidschatten war sie ungeschminkt. Sofort bemerkte sie den Unterschied zu den anderen jungen Frauen gleichen Alters, die – eine geräumige Handtasche mit bekanntem Markennamen gut sichtbar in der Ellenbeuge platziert – ihr Äußeres gekonnt in Szene setzten. Julia hatte eine schlanke, sportliche Figur, ihre langen Beine ließen sie größer erscheinen und da sich ihre kleinen, runden Brüste unter dem engen Kleid nur wenig abzeichneten, erschien ihr Aussehen burschikos und unaufdringlich.

Als sie ihren *Caffè* einnahmen – Marcello einen *Caffè corretto* mit einem Schuss Sambuca – wurden Marta und Marcello von etlichen Leuten in der Bar freundschaftlich und respektvoll gegrüßt. Da betrat ein korpulenter und stiernackiger Mann um die sechzig mit schütteren, strähnigen, bis zu den Schultern reichenden Haaren den Raum. Er trug Jeans und ein großkariertes Hemd, dessen Ärmel nachlässig hochgekrempelt waren und einen locker um die Schultern gebundenen bunten Pullover. In der Hand hielt er eine Toscano-Zigarre, die – obwohl sie gar nicht angezündet war – einen durchdringenden Geruch verströmte. Er grüßte selbstbewusst in die Runde, ohne allerdings in Martas und Marcellos Richtung zu sehen und wurde von den Umstehenden verhalten wieder gegrüßt. Plötzlich hatten es Marcello und Marta eilig, das Lokal zu verlassen.

Draußen sagte Marta in verschwörerischem Ton zu Julia: *„Das ist"* - Marta nannte einen Namen, aber Julia verstand ihn nicht, da eine Horde Kinder mit lautem Getöse an ihnen vorbeistürmte - *„einer dieser Politiker, die überall mitmischen wollen."* Marcello lächelte begütigend und meinte: *„Welcher Politiker will das nicht?"*

Sie überquerten die Piazza und schlenderten immer den Corso Italia entlang in die entgegengesetzte Richtung, aus der sie gekommen waren. Marta erzählte die Geschichte der Sprachschule, wo Julia einen fünftägigen Kurs gebucht hatte. Vor vierzig Jahren war die Sprachschule von San Giovanni berühmt, die Leute kamen aus allen europäischen Ländern und sogar aus Amerika. Es war die Zeit des großen Toskanabooms, alle gierten nach „Dolce Vita".

Außer Sprachkursen bot die Inhaberin verschiedene Mal- und Zeichenkurse in den Hügeln des Chianti an und die Schüler begeisterten sich für das toskanische Leben. Doch die Inhaberin kam in die Jahre und mit ihr auch ihre Schüler, so dass die Schule von Jahr zu Jahr weniger Zulauf hatte. Ende der 90er Jahre entschloss sie sich schweren Herzens, die Schule aufzugeben. Erst vor zwei Jahren hatte eine arbeitslose Lehrerin die Räumlichkeiten übernommen und hoffte, mit einer kleinen Gruppe engagierter Mitarbeiterinnen an die erfolgreichen alten Zeiten anknüpfen zu können.

Den dreistöckigen Häusern zu beiden Seiten der Hauptstraße waren enge Arkaden vorgebaut. Die drei hielten kurz inne, als Marcello auf ein schmales Haus linker Hand deutete. *„Das hier ist das Geburtshaus von Masaccio. Er war der wichtigste Maler der Frührenaissance und hat die Perspektive Brunelleschis und die Plastizität Donatellos auf die Malerei übertragen. Er hat den Durchbruch der Renaissance in der Malerei erreicht."* Wieder sah Julia ihm den Stolz auf die glorreiche Vergangenheit seiner Stadt an.

Andächtig blickte sie die schnurgerade Straße zurück, die sie gekommen waren, und dann auf das enge, unscheinbare Gebäude vor ihnen. Es war etwas anderes, aus Büchern Wissen zu sammeln, als hier auf dem Corso zu stehen. Von hier hatte eine der wichtigsten Entwicklungen der europäischen Kunst- und Geistesgeschichte ihren Anfang genommen. Bei genauerem Hinsehen schien Julia der Hauseingang mit der engen Arkade im Hintergrund von Masaccios Fresko des „Zinsgroschen" identisch mit der Architektur der Häuserzeile vor ihren Augen.

Masaccios eigentlicher Vorname war Tommaso, aber da der großgewachsene junge Mann sich keine Gedanken über seine äußere Erscheinung, Kleidung oder Körperpflege machte, sondern ausschließlich an Kunst interessiert war, riefen ihn seine Zeitgenossen mit dem wohlwollend gemeinten Spitznamen „*Masaccio*". Die Endung „*-accio*" bedeutete etwas Großes, Grobes, Ungeschliffenes. In der Toskana bekam jeder seinen Spitznamen ab.

Julia fragte sich, wie es wohl zu Masaccios Zeiten hier ausgesehen haben mochte und was der Auslöser und die Umstände waren, dass der Sohn eines Notars aus der Provinz sich vom vorherrschenden künstlerischen Geschmack der Zeit, von den eleganten spätgotischen Verzierungen und idealisierten, unpersönlichen Figuren abwandte und einer bis dahin nie praktizierten realistischen, plastischen Malerei den Vorzug gab. Nur wenige Meter und Häuser von Masaccios Geburtshaus entfernt, befand sich im ersten Stock die Sprachschule.

DIE SPRACHSCHULE

Das Logo neben der Klingel bildete einen Marzocco ab, dahinter erhoben sich unregelmäßige Zacken, die aussahen wie erodierte Hügel und noch weiter hinten ein Berg. Es war kurz vor 9 Uhr. Der Treppenaufgang lag dunkel in Julias Rücken, das Fenster, das auf den Corso zeigte, ließ das helle Morgenlicht auf die Eingangstür zur Sprachschule fallen. Im Treppenhaus war es noch angenehm kühl, während die Temperaturanzeige der Apotheke auf der Piazza vorhin bereits 20 Grad angezeigt hatte. Erwartungsfroh und auch etwas nervös strich Julia die feuchten Hände an der Jeans entlang und drückte schließlich den Klingelknopf. Es ertönte ein durchdringendes Summen.

Julia sprach bereits gut Italienisch, im Grunde sogar sehr gut. Sie hatte als Teenager begonnen, einen Volkshochschulkurs zu besuchen. Auf der Universität hatte sie Italienisch im Nebenfach gewählt, was nur natürlich war für Studenten der Kunstgeschichte. Mit ihrem ausgezeichneten Sprachgefühl erfasste sie schnell auch feine Nuancen der melodischen Worte. Außerdem liebte sie die italienische Literatur. Manchmal überlegte sie, ob es nicht vorteilhafter gewesen wäre, Italienisch im Hauptfach zu nehmen, als die uferlose Kunstgeschichte mit ihren zahllosen Meisterwerken, Künstlern, Stilrichtungen und Architekturbeispielen. Oft hatte ihr im Studium der Bezug zur Gegenwart gefehlt und sie war in einem Meer aus Details versunken, ohne einen sinnvollen roten Faden entdecken zu können.

Natürlich faszinierte sie die Renaissance und im Stillen hatte sie sich oft gefragt, wie es möglich war, dass Florenz in einem so relativ kurzen Zeitraum ab Anfang des 15. Jahrhunderts plötzlich so viele Meisterwerke in der Architektur, bildenden Kunst und Malerei hervorgebracht und auch dem europäischen Ausland erneuernde Impulse gegeben hatte.

Zuerst hatte Julia im Internet nach Sprachschulen in Florenz gesucht, dann aber zufällig entdeckt, dass ihr Lieblingsmaler Masaccio und dessen Bruder Giovanni – der den Spitznamen „der Splitter" trug – aus dem Arnotal zwischen Florenz und Arezzo stammten, was ihr in all den Jahren während des Studiums gar nicht aufgefallen war. Vielleicht hatte sie es auch gelesen, aber der Information keine Bedeutung beigemessen.

Jetzt aber war ihre Neugier für die Gegend geweckt und je mehr sie forschte, desto überraschter war sie, dass auch weitere Größen der Renaissance aus genau dieser Gegend stammten: Francesco Petrarca, der Begründer des italienischen

Humanismus im 14. Jahrhundert, auf den die gesamte Renaissance aufbaute, verbrachte einen Teil seiner Kindheit in Incisa. Der ebenfalls als Humanist und Historiker bekannte Poggio Bracciolini wurde in der nach ihm benannten Stadt Terranuova Bracciolini geboren, die wie San Giovanni und Castelfranco von den Florentinern neu gegründet worden war. Marsilio Ficino, Philosoph, Platon-Übersetzer und Lehrer Lorenzo de' Medicis war aus Figline. Allen war gemeinsam, dass sie aus für die damalige Zeit gut situierten Familien stammten – die Väter waren Ärzte oder Notare – und somit Zugang zu Bildung hatten.

Die füllige Dame Ende dreißig, die ihr die Türe öffnete, schien das Abziehbild einer italienischen Pasta-Werbung, mit glänzenden langen, schwarzen Haaren und großen Kreolen-Ohrringen, die das temperamentvolle Funkeln in ihren Augen nicht zu überstrahlen vermochten, sowie einem vollen, kirschrot geschminkten Mund.

Mit beiden Händen gestikulierend hieß sie Julia willkommen, sagte, sie heiße Annamaria und führte sie dann in die Büroräume. Julia schien es, als übe Annamaria die Gebärdensprache, so energisch unterstrich sie jedes Wort mit den Händen.

Erst als Annamarias Redeschwall für einen kurzen Moment verebbte, gelang es Julia sich für den freundlichen Empfang zu bedanken. Erstaunt ließ Annamaria die Hände sinken: *„Du sprichst ja ausgezeichnet Italienisch. Bravissima! Schön, dass du da bist. Mach dir keine Sorgen, hier läuft alles sehr easy."* Sie sagte das Wort auf Englisch und zog es wie einen Kaugummi. *„Aber jetzt musst du – ich darf doch 'du' sagen? Wir duzen uns alle – jetzt musst du die anderen kennenlernen."*

„Kinder!" rief sie in ein kleines, mit bunten Möbeln bestücktes Klassenzimmer, das sich mit drei hohen Fenstern zum Corso hin öffnete. Neben Licht ließen die Fenster auch die Hitze herein. Es herrschte eine entspannte und leicht chaotische Atmosphäre.

Locker verteilten sich Tische und Stühle im Raum. *„Annemieke und Sophie sind aus Holland"*, stellte die Lehrerin zwei blonde Mädchen um die zwanzig vor. Verschwörerisch kichernd grüßten die beiden und flüsterten sich ein paar Kommentare zu, die offensichtlich Julia galten.

Dann wies sie zu zwei Männern um die dreißig, beide hatten dunkle, sehr gepflegte kurze Haarschnitte und waren von einer Attraktivität, deren sie sich wohl bewusst waren. „*John*", Annamaria zeigte auf den links Sitzenden, der eine ovale, verchromte Brille trug, hinter der intellektuelle dunkle Augen hervorschauten, „*und James*". James hätte problemlos als Model arbeiten können. Unter dem engen T-Shirt zeichneten sich wohlgeformte Muskeln ab. Sein Gesicht war kantig und braungebrannt und wirkte trotzdem sensibel. „*Sie kommen aus New York und sind beide Architekten. Deshalb sind sie auch hierher gekommen. In San Giovanni gibt es viel anzuschauen in Sachen Architektur, schließlich ist das hier die Stadt von Arnolfo di Cambio.*"

Annamaria redete ohne Punkt und Komma und die Hände begannen sich wieder zu bewegen wie ein mit einer Feder aufgezogenes Spielzeug. Die beiden Architekten nickten höflich in Julias Richtung.

„*Und dann haben wir noch Simon. Am besten, du setzt dich gleich neben ihn.*" Annamaria zupfte einen Augenblick ihre Bluse zurecht, die über dem Bauch etwas spannte und war der Meinung, dass sie einen großartigen Einfall hatte, die beiden ein bisschen aufeinander zu stupsen. „*Simon*", setzte sie gleich hinzu, „*kommt aus England. Und das*", Annamaria machte eine kunstvolle Pause, „*ist Julia aus Deutschland. Sie spricht schon fantastisch Italienisch, also strengt euch an.*"

Simon war in Julias Alter, mit kastanienbraunem, lockigem Haar, das schon seit Längerem keinen Friseur mehr gesehen hatte. Als er aufstand, um ihr Platz zu machen, sah sie seine bunten Bermudashorts, die farblich zum roten Poloshirt passten wie die Faust aufs Auge. Wahrscheinlich hatte er im Dunkeln nach den erstbesten Kleidungsstücken im Schrank gegriffen. Simon zwinkerte Julia zu und als sie sich zwischen ihn und das Fenster setzte, legte er beflissen die Papiere in die Mitte zwischen ihnen, damit auch Julia das Arbeitsmaterial nutzen konnte. Bei der Gelegenheit rutschte er mit einem verschmitzten Lächeln ein Stück näher in Julias Richtung.

Julia gefiel ihr Sitzplatz. Zwar würden die Sonnenstrahlen sie am späten Vormittag zum Schmelzen bringen, aber dafür hatte sie den belebten Corso im Blick. Die Häuser auf der anderen Straßenseite waren ebenfalls von kleinen Arkaden im Erdgeschoss beschattet und hatten hohe Fenster in den oberen Stockwerken. Im ersten Stock genau gegenüber befanden sich offensichtlich Büroräume mit großflächigen Schreibtischen, aber es war niemand in den Büros zu sehen. An den Wänden meinte sie Zeichnungen von Bauplänen zu erkennen.

Der **Fluss Arno** entspringt am Berg Falterona im Casentinotal, fließt zuerst Richtung Arezzo, macht dann einen scharfen Knick, indem er das
Pratomagno-Gebirge umrundet, durchquert den Valdarno und Florenz und
strömt weiter nach Pisa und ins Meer. Der Arno ist nach dem Tiber der zweit-
größte Fluss Mittelitaliens.

Das Foto zeigt den Arno bei Rondine zwischen Ponte Buriano und Castiglion
Fibocchi. Im **Naturschutzgebiet „Bandella"** in der Nähe des Staudamms von
Levane in der Gemeinde Terranuova Bracciolini lässt sich gut wandern oder
Rad fahren. Streckenweise sind auch Radwege entlang dem Fluss zwischen den
Städten Montevarchi, San Giovanni und Figline angelegt.

EISZEIT

„Am Freitag kommt Lorenzo." Marta reichte Julia die Schüssel mit *Panzanella*, einem toskanischen Sommergericht, das bei den heißen Temperaturen mittags ideal war. Dazu hatte sie einen Tag altes toskanisches ungesalzenes Weißbrot in Wasser aufgeweicht, ausgedrückt und zerkrümelt, dann mit gehackten roten Tropea-Zwiebeln, klein geschnittenen Kirschtomaten und Gurkenstückchen sowie Basilikumblättern vermengt und mit Olivenöl, Essig und Salz abgeschmeckt. *„Er freut sich, dich kennenzulernen. Lorenzo hat ein Auto, dann könnt ihr auch gemeinsam mehr unternehmen."*

Julia wollte ihrer Gastfamilie keinesfalls als Anhängsel zur Last fallen, das bespaßt werden musste. Marcello, der ausnahmsweise zum Mittagessen nach Hause gekommen war, denn normalerweise aß er um 13.30 Uhr ein *Panino* in der Bar neben der Bank, schien ihre Gedanken zu erraten: *„Natürlich nur, wenn du magst und keine anderen Pläne hast."*

Obwohl Marta in der Küche das Mittagessen vorbereitet hatte, legte sie sichtlich Wert auf eine elegante Erscheinung. Sie hatte sich während der Vorbereitungen lediglich eine weiße Schürze über ihr smaragdgrünes Kleid gebunden. Mit ihren braungebrannten, sehnigen Armen reichte sie die Schüsseln und Platten herum. Es war ihr wichtig, eine gute Gastgeberin zu sein. Ab und zu gab sie Marcello kurze Anweisungen und bat ihn, er möge doch Öl oder Salz holen. Marcello führte gutmütig mit einem *„certo cara"* - (gewiss, Liebes) aus, wie ihm aufgetragen wurde und ließ sich auch sonst nicht aus der Ruhe bringen.

„Wir haben uns auch gedacht", er blickte zu Marta, *„dass du die Vespa benutzen kannst, damit du mobiler bist und dir mehr anschauen kannst. Sie ist zwar alt, funktioniert aber einwandfrei."* - *„Bis auf die Tatsache"*, fiel Marta ein, *„dass die Benzinanzeige nicht exakt ist, also pass auf, dass der Tank immer ungefähr halbvoll ist."*

Das war eine großartige Neuigkeit. Am liebsten wäre Julia sofort aufgesprungen, um die Vespa auszuprobieren. Als Marcello wenige Minuten später aufbrach, um zurück in die Bank zu fahren, begleitete sie ihn in den Vorgarten und ließ sich kurz erklären, wie die rote Vespa funktionierte, die bis jetzt von ihr unbemerkt unter einer Laube gestanden hatte.

Zurück im Haus unterhielten sich die beiden Frauen, während Marta den Müll trennte und die Küche säuberte, über den ersten Tag in der Schule. Julia berichtete von der sympathischen Lehrerin und den Mitstudenten. Marta kannte Annamaria gut und hatte gerne eingewilligt, Gastschüler für den Sommer bei sich aufzunehmen. Sie interessierte sich für andere Kulturen und gab auch gerne ihre eigene an Fremde weiter. Ein besonderer kultureller Pfeiler waren für Marta die toskanische Küche und die mediterrane Kost und sie konnte sich nicht genug wundern, dass man im Norden Fleisch zusammen mit *Pasta* als Beilage auf demselben Teller servierte.

Die Bonatti waren in der Kleinstadt eine wohlbekannte und geschätzte Familie. Obwohl sowohl Marta als auch Marcello in guten Positionen angestellt waren, hatten sie feststellen müssen, dass in den letzten Jahren das Geld kaum bis zum Monatsende reichte. Gastschüler waren für Marta deshalb auch eine willkommene Gelegenheit, die Haushaltskasse ein bisschen aufzubessern und ihrem Sohn Lorenzo den einen oder anderen Schein zuzustecken, damit er das Studium abschließen konnte, ohne sich einschränken zu müssen.

Am späten Nachmittag war Julia mit den holländischen Mädchen in einer Eisdiele außerhalb von San Giovanni verabredet. Simon wollte sie abholen. Auch er hatte sich für seinen Aufenthalt eine Vespa geliehen, während die beiden Holländerinnen mit dem Auto gekommen waren.

Julia schminkte sich auffälliger als sonst und kaum war sie fertig, hörte sie bereits unter ihrem Fenster ein dreimaliges kurzes Hupen. Aufgeregt rannte sie die Treppe hinunter und rief Marta ein kurzes „*Ciao, bis später*" zu, packte den abgenutzten Motorradhelm, den Marta ihr gezeigt hatte und stürmte aus der Tür.

Simon begrüßte sie überschwänglich und als er erfuhr, dass Julia noch nie eine Vespa gefahren hatte, zog er sie zuerst auf, half ihr dann aber galant, die Vespa in Gang zu bringen. Es dauerte nur wenige hundert Meter bis Julia ein Gefühl für Gas und Bremse bekam. Als sie hinter Simon in die Hauptstraße entlang dem Arno einbog, genoss sie bereits den frischen Fahrtwind, drehte rechts am Gas und fühlte sich herrlich frei.

Simon fuhr vor Julia her und wieder fiel ihr sein exzentrisches Outfit auf. Sein Motorradhelm sah wie ein Utensil aus dem Zweiten Weltkrieg aus. Dazu trug er eine stilgerechte Schutzbrille, die Julia an eine Tauchermaske erinnerte.

Sie fuhren über eine Brücke auf die andere Seite des Arno, der jetzt im Hochsommer wenig Wasser führte, da er großenteils aus Zuflüssen von Gebirgsbächen gespeist wird, die bei heftigen Regenfällen schnell anschwellen können, im Sommer aber fast versiegen. Julia erinnerte sich, gelesen zu haben, dass der Arno in vergangenen Jahrhunderten mehr Wasser führte und sogar schiffbar war. Wie schön wäre es, mit einem Boot den Arno hinunter nach Florenz zu schippern, hing Julia ihren Gedanken nach, während sie in Richtung der Überlandstraße Via delle Cave einbog, die das Tal abseits der Städte bis nach Terranuova durchquert. Bevor der Fluss begradigt und gezähmt wurde, mäanderte er ungezügelt durch ein sumpfiges Tal. Mal bildeten sich kleine Inseln, mal verirrte er sich in Verzweigungen.

Der Lauf des Arno ist kurios. Er entspringt im Casentinotal, hält auf Arezzo zu, macht dann aber einen scharfen Knick nach Florenz und „zeigt Arezzo die Schulter", wie Dante Alighieri schrieb. Leonardo da Vinci verbrachte vierzig Jahre damit, den Arno zu studieren und versuchte seinen Lauf zu beeinflussen, um einen schiffbaren Zugang zum Meer zu erhalten, was für den Handel einen enormen Aufschwung bedeutet hätte.

Mit schnellem Flügelschlag flogen Schwärme von Tauben über Julia hinweg und zielstrebig auf den Hügel links von ihr zu. Im Vorbeifahren nahm Julia einen säuerlichen Geruch wahr, der wenig später wieder verflog. Bei näherem Hinsehen erkannte sie auch den Grund für das emsige Hin und Her. Halb von den Hügeln verdeckt, lag eine Müllverbrennungsanlage auf der Anhöhe, wo die Tauben mühelos ihre Nahrung fanden. Es war eine ländliche Gegend, nur vereinzelt unterbrach ein Gehöft die Landschaft von Weinbergen und unbebauten Feldern.

Dann hatten sie die auf einer Anhöhe liegende Eisdiele erreicht, die bereits von Weitem durch sonnige Farben erkennbar war. Die parkähnliche Anlage lag zentral zwischen den Städten San Giovanni, Montevarchi, Terranuova Bracciolini und den Dörfern in den Hügeln, wie Loro Ciuffenna und Castelfranco. Am Eingang des Parks weideten Pferde.

Vor der Eisdiele mit herrlicher Aussicht auf die Landschaft warteten schon Annemieke und Sophie und winkten ihnen fröhlich zu. In knappen Röcken und Blusen mit tiefen Ausschnitten waren sie von einer Clique gleichaltriger Jungs aus San Giovanni umringt, mit denen sie nach der Schule ihre Nachmittage verbrachten.

Während Julia mit Simon in der Schlange wartete, bis sie die vom sizilianischen *Gelatiere* frisch zubereiteten Spezialitäten, wie Eis aus Bronte-Pistazien und sorbetartigen *Granite*, probieren konnten, erzählte Simon von seiner Familie.

Sein Vater war ein einflussreicher Anwalt in London, seine Mutter stammte aus Rom. Deshalb auch die Idee, Simon nach Internat und Jurastudium für einen Sommer nach Italien zu schicken, um so seine Wurzeln besser zu verstehen. Zuhause wurde kaum Italienisch gesprochen, nur wenn „Mamma" wütend war, schüttete sie eine Flut italienischer Schimpfwörter aus. Das war mit den Jahren aber immer seltener der Fall, denn in ihren Kreisen war es wichtig, stets die Fassung zu wahren.

Von seinem Vater hatte Simon die Ironie und den schnellen Witz, aber Julia fand, dass unterschwellig viel Italiener in ihm steckte. Er erzählte leidenschaftlich und fantasievoll und benutzte beide Hände zum Gestikulieren.

„Machen wir dieser Tage eine Tour?" fragte Simon Julia, während er die überbordende Eismenge seiner *Cioccolata Stromboli* auf den Löffel lenkte und diesen dann genüsslich abschleckte. Er war schon den ganzen Juli hier und kannte die Gegend gut. *„Okay, wann?"*, fragte Julia zurück mit konzentriertem Blick auf ihre *Granita*, die ebenfalls in alle Richtungen überquoll. *„Passt es dir am Mittwoch? Wir könnten die Via Setteponti entlang fahren. Für dich als Kunsthistorikerin gibt es dort ein paar nette alte Schinken anzuschauen"*, witzelte Simon, während die beiden sich zu der Gruppe um die Holländerinnen gesellten. *„Wenn ein Masaccio dabei ist, gerne"*, sagte Julia noch und Simon erwiderte großzügig: *„Das lässt sich einrichten"*, bevor er sich den Holländerinnen zuwandte und anfing, sie zu necken. Dies rief sogleich ein belustigtes Gejohle der anderen Jungs in der Gruppe hervor, während es die beiden Mädchen genossen, im Mittelpunkt der Aufmerksamkeit zu stehen.

Bei dieser Szene kam Julia unvermittelt Johannes in den Sinn und für einen Augenblick traten die Stimmen der anderen in den Hintergrund, als wären sie in Watte gehüllt. Julia drängte die Erinnerungen sofort beiseite und ließ ihren Blick über die Hügelkuppe bis hinauf zu den Bergen in der Abendsonne schweifen. Ein Windhauch begann sanft vom Gipfel bis hinunter ins Tal und über Julias Gesicht zu streichen und erfrischte sie aufs Angenehmste.

Das Museum der „Terre Nuove", Piazza Cavour 15, San Giovanni Valdarno, *erzählt von den Städtegründungen San Giovanni, Castelfranco di Sopra und Terranuova Bracciolini im Valdarno und der restlichen Toskana durch Florenz ab Ende des 13. Jahrhunderts. Gleichzeitig werden Parallelen zur Stadtentwicklung in anderen europäischen Ländern gezogen.*

Öffnungszeiten: *Dienstag bis Freitag 10-13 Uhr, Samstag, Sonn- und Feiertage 10-13 und 15-19 Uhr geöffnet, montags geschlossen.*

Eintritt: *Erwachsene € 5,00 pro Person, 18-25 Jahre und über 65 Jahre ermäßigt € 3,00. Eintritt frei unter 18 Jahren und für Gruppen von mehr als 15 Personen.*

DAS MUSEUM DER „TERRE NUOVE"

Am nächsten Morgen ging Julia früh aus dem Haus, um in einer Bar gleich neben der Sprachschule zu frühstücken. Sie wollte nicht, dass Marta und Marcello, die beide vor ihr das Haus verließen, sich verpflichtet fühlten, ihr etwas vorzubereiten.

Außerdem genoss sie den kurzen morgendlichen Weg durch die noch kühlen Gassen der Altstadt, in der Julia sich leicht zurechtfand. Die zentrale Piazza lag in der Mitte des langen Corso Italia, der Hauptgeschäftsstraße, wo sich Modegeschäfte mit Bars und Schmuckläden abwechselten. Zu den Geschäftszeiten von 9 bis 13 Uhr und dann wieder ab 16.30 bis 20 Uhr herrschte ein betriebsames Auf und Ab in den Straßen.

Wie ein Gitternetz führten vom Corso enge, dunkle Gässchen ins Innere der Stadt, wobei diese kaum frequentierten Chiassi oft nur so breit waren, dass zwei Menschen Mühe hatten, aneinander vorbeizugehen. Als San Giovanni im ausgehenden 13. Jahrhundert erbaut wurde, waren die Chiassi so konzipiert, dass ein einspänniges Fuhrwerk gerade durchfahren konnte, denn früher wurden die Lieferungen für die Reichen, die die prunkvollen Häuser des Corso bewohnten, am Hintereingang in Empfang genommen. Auch wurde alle Arten von Müll auf die Chiassi entsorgt.

Auf ihrem Weg zur Sprachschule fiel Julia auf, dass wenige Touristen in den Straßen unterwegs waren. Offensichtlich war der Valdarno kein Ziel für Fremde, wie etwa das Chiantigebiet oder Cortona, was Julia durchaus gefiel. Im Internet hatte sie allerdings erfahren, dass besonders viele deutschsprachige Künstler ab den 60er und 70er Jahren des 20. Jahrhunderts viel Zeit im Valdarno verbracht und dort teilweise sogar Häuser gekauft hatten, darunter die Schriftsteller Gregor von Rezzori in Donnini bei Reggello, Robert Gernhardt in Cavriglia, der Artdirector Willy Fleckhaus und der Schriftsteller Christoph Wilhelm Aigner in Castelfranco sowie der Musiker Konstantin Wecker bei Bucine. Während die Engländer das „Chiantishire" quasi kolonialisiert hatten, versuchten die Deutschen sich so unauffällig wie möglich an die Gegend zu assimilieren, weshalb der Valdarno ein Geheimtipp blieb.

Als Julia gerade die Tür zur Bar öffnen wollte, wurde diese von innen aufgestoßen und ein Mann trat heraus. Er trug einen zerknitterten beigen Leinenanzug, darunter ein schwarzes Poloshirt. Er klopfte sich einige *Cornetto*-Krümel vom Anzug, die auf die Straße fielen und sogleich von einer Taube aufgepickt wurden. Julia erkannte den Mann mit der Toscano-Zigarre, den sie am Abend ihrer Ankunft in der Bar gesehen hatte. Er ging grußlos an ihr vorbei, sie betrat das Lokal und hatte den Eindruck, die Luft in der Bar sei gesättigt vom schweren Geruch der Zigarre.

Als erstes bestellte Julia einen *Caffè macchiato* und sah dabei zu, wie die „Barista" routiniert den Siebträger von der letzten verwendeten Kaffeeportion befreite, dann zweimal den Hebel drückte, um die richtige Menge *Caffè* zu erhalten und mit dem Stampfer das Kaffeepulver festzudrücken. Während sie den Siebträger in die Maschine einsetzte und das Wasser durchlaufen ließ, sah Julia sich in der Bar um. Ein Hinterzimmer war an Wand und Decke mit Jugendstilelementen verziert. Sie wartete, bis die Milch aufgeschäumt und das Häubchen vorsichtig in die Espressotasse bugsiert war und da sie noch ein paar Minuten Zeit hatte bis der Unterricht begann, nahm Julia ihren *Caffè* und eine lokale Zeitung und setzte sich ins hintere Zimmer. Sie war die einzige, die sich hinsetzte, während die anderen Gäste am Tresen standen und sich unterhielten.

Die Zeitung berichtete über Alltägliches, städtebauliche Maßnahmen, Parkplatznot und die Hitze. Dann blätterte sie zum regionalen Teil. Der umfangreichste Artikel berichtete von einer Bank, die in Schwierigkeiten geraten war. Julia stutzte, sie meinte, den Namen der Bank zu erkennen, für die Marcello arbeitete und nahm sich vor, ihn später zu fragen, was es damit auf sich habe. Dann faltete sie die Zeitung zusammen und ging die paar Häuser weiter zur Schule.

Mit der Sonne stieg allmählich auch die Temperatur im Klassenzimmer und eine schläfrige Unlust machte sich unter den Studenten breit. Die beiden niederländischen Mädchen tippten auf die Tasten ihrer Smartphones. Simon hatte ein Softcoverbuch so in sein Schulbuch gelegt, dass man von vorne meinen konnte, er verfolge eifrig die grammatikalischen Verwirrungen. Julia blickte immer wieder versonnen zum Fenster hinaus. Im Büroraum hinter dem gegenüberliegenden Fenster gingen heute Leute ein und aus. Ein glatzköpfiger Mann mittleren Alters mit Spitzbart und Bauchansatz beugte sich über Dokumente, ging dann ans Fenster, so dass sie ihn gut sehen konnte und sprach aufgeregt in sein Handy.

Als die nahe Kirchturmuhr elf Mal schlug, klappte Annamaria ihr Buch zu und rief: „*Kinder, genug gelernt, im Palazzo d'Arnolfo werden wir bereits erwartet.*" Die beiden Architekten, die als einzige ernsthaft bei der Sache gewesen waren, packten sorgfältig Bücher und Schreibmaterial in ihre schicken Mappen, die sie dann wie Rucksäcke über die Schulter trugen. Die anderen stürmten erleichtert aus der Klasse und die Treppe hinunter auf die Straße.

Der Cassero oder Palazzo d'Arnolfo war das zentrale Gebäude der Stadt. Er teilte den Corso in zwei Hälften und lag im Zentrum zweier Plätze. An beiden Enden der Piazze befand sich jeweils eine Kirche, an der Kopfseite der kleineren Piazza Masaccio die Basilika Santa Maria delle Grazie, an der größeren Piazza Cavour die Pieve di San Giovanni Battista. Johannes der Täufer war der Schutzpatron San Giovannis wie auch der von Florenz, fiel Julia ein. Auf der Piazza stand auch eine Statue Giuseppe Garibaldis und blickte auf den Cassero.

Trauben alter Männer standen vor dem historisch wichtigsten Gebäude der Stadt und diskutierten die Tagespolitik und Fußballergebnisse, ohne Notiz von den Passanten zu nehmen. Kinder rannten über die mit roten Ziegeln gepflasterte Piazza Cavour und spielten Ball. Über ihre Köpfe hinweg flogen Tauben und landeten, wenn es zu hektisch wurde, auf dem Kopf Garibaldis. In diesem lebhaften Durcheinander hatte Julia Mühe, einen geordneten Eindruck vom Cassero zu gewinnen. Sie entfernte sich deshalb von den anderen, um das Gebäude besser betrachten zu können.

Seine Arkaden, Loggien und der hoch aufragende Turm verliehen dem Gebäude Würde. Julia musste unwillkürlich an den Palazzo Vecchio in Florenz denken, der dieselbe Struktur mit Turmaufbau besaß. Zweihundertfünfzig Wappen an der Fassade gaben Zeugnis von den florentiner Familien, welche die Stadt bis zum 18. Jahrhundert beherrscht hatten. Die Wappen an der Fassade waren gemalt, in Stein gemeißelt oder aus Keramik. Die polychrom glasierten Keramikwappen stammten, da war sie sich als Kunsthistorikerin sicher, aus der berühmten Werkstatt der della Robbia.

Da tippte ihr Simon von hinten auf die Schulter: *„Die Führung beginnt gleich."* Wie eine Gruppe Schulkinder betraten die Studenten im Schlepptau von Annamaria das Museum der Terre Nuove, wo sie mehr über die Entstehungsgeschichte San Giovannis erfahren würden.

Nach der Jahrtausendwende war ganz Europa am Expandieren und neue Städte wurden aus unterschiedlichen Motiven gegründet, zum Beispiel als militärische Befestigungsanlagen wie die „Bastides" in Frankreich. In Deutschland begann die Gründungswelle im 12. Jahrhundert mit Freiburg im Breisgau. In der Toskana verstärkte sich der Trend im 13. und 14. Jahrhundert.

Die Führerin in adretter blauer Bluse und farblich abgestimmtem Rock ergoss in einem ununterbrochenen Wortschwall ihr gesamtes Wissen – und das war sehr umfangreich – über die kleine Gruppe der Zuhörer, während Annamaria mit dem jungen Mädchen am Einlass plauderte. Wie viele Male mochte sie wohl schon die Geschichte San Giovannis gehört haben? Was für ein Glück, dachte Julia, an so einem Ort voller Historie zu leben und die Kultur praktisch nebenbei im Alltag mitzubekommen. Sie staunte über die Selbstverständlichkeit, mit der ästhetische Meisterwerke und künstlerische Ausnahmeerscheinungen hier aufgenommen wurden. Die Leute hasteten am Geburtshaus Masaccios vorbei, um ihre Einkäufe und Erledigungen zu machen, ohne es auch nur eines Blickes zu würdigen.

Nachdem das Jahr 1000 nach Christus glücklich überstanden war – viele hatten zu diesem runden Geburtstag die Apokalypse erwartet – begannen die Menschen in den folgenden Jahrzehnten langsam wieder Vertrauen in die Zukunft zu gewinnen, die Bevölkerung und Städte wuchsen. Florenz gewann immer mehr an Macht, die es zu verteidigen und auszubauen galt. San Giovanni – ursprünglich „Castel San Giovanni" – war als militärischer Vorposten von Florenz konzipiert worden in der Hoffnung, die Aretiner und andere potentielle Angreifer auf Abstand zu halten und bekam deshalb zuerst eine wehrhafte Stadtmauer und Wachtürme verpasst. Mit dem Erstarken des Handwerks und Handels und dem Schwinden des Einflusses des feudalen Herrschaftsmodells gelang es Florenz, immer mehr Einwohner in die neu gegründeten Städte zu locken. Die Einwohner waren zehn Jahre lang von Steuern befreit und bekamen ein Grundstück, auf dem sie ihr Haus bauen konnten. Als Masaccio 1401 in San Giovanni geboren wurde, war die Stadt gerade hundert Jahre alt und Julia stellte sich vor, wie dynamisch und auch kreativ der Ort zu dieser Zeit gewesen sein musste. Es waren Zeiten großen gesellschaftlichen Wandels und politischen Umbruchs, aber auch eines beträchtlichen Wohlstands der Handwerker, Händler und des Bürgertums im Allgemeinen. Je besser Florenz seine Machtposition festigte, desto unbedeutender wurde allerdings San Giovanni und fiel im 19. Jahrhundert bei der Einigung Italiens an den Regierungsbezirk Arezzo, was die Einwohner bis zum heutigen Tag kränkt.

Im ersten Stock, der nun weniger mittelalterlich, sondern eher im Renaissancestil gebaut war, sah Julia rechts einen großen Saal, der auf eine überdachte Loggia hinausführte. Die Terrassentür stand offen und Julia trat ins Freie. Im Schatten war die Mittagshitze gut erträglich und sie stieg auf die kleine Stufe am Ende der Terrasse, um besser über die hohe Brüstung sehen zu können. Ihr Blick richtete sich zuerst auf die Piazza Cavour unter ihr, dann ließ sie ihn über die Dächer der Stadt in Richtung Norden gleiten. Aufgrund der Hitze verschwamm das Bergmassiv hinter dem Arno in der Ferne zu einer flirrenden grünen Masse. Um im hellen Mittagslicht besser sehen zu können, schirmte Julia die Augen mit der Hand ab.

„Morgen fahren wir die Setteponti entlang, sie liegt auf halber Höhe dieses Berges." Julia hatte Simon nicht kommen hören und drehte sich um, während Simon fortfuhr: *„Lass uns gleich nach dem Unterricht aufbrechen. Es gibt da eine hübsche Osteria, in der wir zu Mittag essen können. Fahr doch hinten auf meiner Vespa mit, dann kannst du die Fahrt besser genießen."* Julia bemerkte den Schalk in Simons Augen, nickte zustimmend und lächelte ihn an, wobei ein Grübchen auf ihrer linken Wange zum Vorschein kam.

Simon griff nach Julias Tasche mit den Büchern, die sie auf einem Tisch abgelegt hatte und frotzelte: *„Lass mich heute dein Kofferträger sein. Du darfst dich nicht zu sehr verausgaben, denn du weißt ja nicht, was dich morgen erwartet."* *„Das ist auch besser so",* entgegnete Julia und folgte ihm nach drinnen, *„ich mag Überraschungen."*

Casa Masaccio, Corso Italia 83, San Giovanni Valdarno, ist das Geburtshaus von **Tommaso di Ser Giovanni di Mone Cassai** *(1401 - 1427), bekannt als Masaccio. Hier finden Ausstellungen zeitgenössischer junger Künstler statt. Außerdem bietet Casa Masaccio nationale und internationale Residenzprogramme für junge Künstler.*

Nur ein paar Häuser weiter am **Corso Italia 105** *befindet sich das Geburtshaus des manieristischen Malers* **Giovanni Mannozzi** *(1592 - 1636), das heute Werke zeitgenössischer Künstler aus der Sammlung der Stadt San Giovanni beherbergt.*

Öffnungszeiten: *Dienstag bis Samstag 15-19 Uhr, Sonn- und Feiertage 10-12 und 15-19 Uhr geöffnet, montags geschlossen.*

Eintritt frei.

CASA MASACCIO

Nach dem Mittagessen hatte Marcello den *Caffè* in der Mokkamaschine zubereitet und als die Brühe duftend in den Behälter gurgelte, stellte er die Gasplatte ab und goss ihn in drei Espressotassen.

„Heute habe ich in der Zeitung einen Artikel gelesen, dass mit einer Bank etwas nicht stimmt", wandte sich Julia an Marcello, als er ihr von einem Tablett die den Espresso reichte. Marcellos Hand zitterte leicht, als er die Tasse abstellte. Er seufzte: *„Che casino!"* – (Was für ein Durcheinander) - *„Geht es um deine Bank?"* fragte Julia und hätte sich dann gleich am liebsten auf die Zunge gebissen. Marcello und auch Marta war das Thema sichtlich unangenehm. Nach einem Blickwechsel mit Marta entschloss Marcello sich doch dazu, Julia den Sachverhalt zu erklären: *„Ich arbeite seit fast 30 Jahren bei der Bank. Wir waren die Nummer eins hier in der Gegend. Und wir waren für die Menschen da, für die Privatleute und die Unternehmen. Leider hat sich, wie so oft, die Politik ins Geschäft gemischt. Projekte, die den Politikern am Herzen lagen, wurden finanziert - und gingen dann pleite."* Wie zur Entschuldigung hob er die Achseln: *„Ich habe in einem anderen Bereich gearbeitet, mit Privatkunden. Aber das Resultat einer solchen Unternehmenspolitik war absehbar. Meine Besorgnis habe ich vor zwei Jahren in einem Brief an den Aufsichtsrat geschrieben."*

Marta fiel ihm ins Wort, und Verbitterung schwang in ihren Worten mit: *„Das Resultat war, dass die Direktion Marcello in eine unbedeutende Filiale auf dem Land versetzt hat und seine Karriere beendet war. Jetzt hat er fast nur mit kleinen Sparern und Rentnern zu tun. Doch die Löcher in der Bilanz ließen sich auf Dauer nicht verheimlichen. Jetzt sind wir am Ende der Fahnenstange angekommen."*

Das Bankwesen hat in der Toskana eine jahrhundertealte Tradition. Im 14. Jahrhundert gab es in Florenz 80 Banken, oder besser „Banchi", Tische, an denen Geldgeschäfte abgewickelt wurden. Die florentiner Familie Medici baute über fast hundert Jahre ein internationales Bankimperium auf, unter anderem mit Filialen in Rom, Venedig, Mailand, Genf, Brügge und London und stieg zur größten Bank Europas auf. Ihre Kunden reichten vom Papst bis zu den europäischen Herrscherhäusern. Gleichzeitig produzierten und handelten sie mit vielen Produkten, von Tuch bis zu Alaun, einem Mineral, das zur Tuchherstellung benötigt wurde und für das die Medici das europäische Monopol besaßen. Während in den Jahren des Aufbaus der Bank unter Giovanni di Bicci und Cosimo de' Medici die Wirtschaftlichkeit im Vordergrund stand, sahen die nachfolgenden

Generationen, darunter auch Lorenzo de' Medici, die Bank zunehmend als Mittel, mit dem sie sich die Nähe zu verschiedenen politischen Mächten erkaufen und ihre Ambitionen in Sachen Kunst finanzieren konnten. Nicht einmal hundert Jahre nach ihrer Gründung ging die Medicibank aufgrund von leichtfertiger Kreditvergabe und Misswirtschaft so gut wie pleite und wurde kurz nach der Entdeckung Amerikas geschlossen.

Nach dem Mittagessen half Julia Marta die Küche in Ordnung zu bringen und das Geschirr in die Spülmaschine zu ordnen, während Marcello wieder in die Bank fuhr. Sie sprachen über Alltägliches, als Marta Julia mit einer Neuigkeit überraschte: *„Heute Abend gehen wir zu einer Degustation lokaler Weine in die Cantina Sociale. Dort wirst du die Eltern von Lorenzos Freundin Serena kennenlernen. Sie haben ein Weingut hier in der Nähe, auf dem sie auch wohnen. Vielleicht kommt auch Serena heute Abend, dann lernt ihr euch kennen."*

Bei dieser beiläufigen Bemerkung hätte Julia beinahe den Stapel Geschirr, den sie in Händen hielt, fallen lassen. Aus irgendeinem Grund, der ihr jetzt selbst nicht mehr klar war, hatte sie nicht damit gerechnet, dass Lorenzo eine Freundin haben könnte. *„Die beiden sind schon zusammen, seit sie Teenager waren,"* fügte Marta hinzu. *„Eine echte Sandkastenliebe."*

Aus Martas Tonfall schloss Julia, dass sie die Beziehung zwischen ihm und Serena guthieß und darüber erfreut war. Julia wechselte schnell das Thema, um sich nicht anmerken zu lassen, dass ihre Erwartung enttäuscht worden war: *„Heute waren wir im Museum der 'Terre Nuove' und morgen Nachmittag werde ich mit einem Studenten meines Kurses eine Tour entlang der Via Setteponti unternehmen."*

„Das ist eine gute Idee", freute sich Marta und es schien, als habe sie Julias Irritation nicht bemerkt. *„Die Via Setteponti war ursprünglich eine römische Straße, die Cassia Vetus oder Via Clodia hieß. Auch Hannibal soll hier mit seinem letzten Elefanten entlang gekommen sein, als er an den Trasimenersee marschierte. Du solltest dir das Museum Masaccio in Cascia ansehen. Dort hängt Masaccios erstes Werk, ein Triptychon, das erst Jahre nach dem Zweiten Weltkrieg entdeckt und Masaccio zugesprochen wurde."*

Die Küche war aufgeräumt und Julia ging nach oben in ihr Zimmer, öffnete trotz der Hitze die Fenster und Fensterläden einen Spalt weit und warf sich auf ihr Bett, den Blick auf den Balkon gerichtet. Mit halb geschlossenen Augen beobachtete sie durch ihre Wimpern, wie einzelne Kumuluswolken gemächlich vorbeizogen.

Sie musste eingeschlafen sein und schreckte auf, als von der Straße eine Stimme aus vollem Halse „*O sole mio*" intonierte, rannte zum Balkon und stieß die Fensterläden auf. Unten stand Simon neben seiner Vespa und fuhr ungerührt fort zu singen. Im Haus gegenüber ging ruckartig ein weiterer Fensterladen auf und Julia hörte jemanden „*zitti, porca la miseria*" - (Ruhe, verdammt) fluchen. Ein Hund in einem benachbarten Vorgarten fing an zu bellen, so dass einen Augenblick später das ganze Viertel auf den Beinen schien. Lachend schüttelte sie den Kopf: „*Sei matto!* - (Du bist verrückt). *Warte, ich komme runter.*"

Eilig lief sie die Treppe hinunter und rief Marta zu: „*Ich bin rechtzeitig heute Abend wieder hier.*" Marta lächelte ihr hinterher. Sie war froh, dass die Studentin sich offenbar gut eingelebt hatte.

Julia und Simon gingen zu Fuß in Richtung Zentrum, wobei sie den Weg durch die Chiassi abkürzten. Bunte Wäsche hing in den engen dunklen Gassen zwischen den Fenstern, die kaum zwei Meter auseinander lagen. Ab und zu wehte ihr ein Hauch exotischer Gewürze entgegen, die nicht in der italienschen Küche verwendet wurden, sondern an Indien erinnerten. Der Duft legte sich, zusammen mit der bleiernen Hitze, wie ein schweres Tuch über die Gassen.

In wenigen Minuten hatten sie Casa Masaccio auf dem Corso Italia erreicht. Hier fand eine Vernissage zeitgenössischer junger Künstler statt. Julia gefiel die Idee, dass das Geburtshaus Masaccios heute junge Künstler förderte. Casa Masaccio war ein enger Schlauch, der sich im ersten und zweiten Stockwerk zu größeren abgedunkelten Räumen weitete.

Als sie versuchte, im Strom der Besucher die engen Treppen hinaufzusteigen, verlor Julia bald Simon aus den Augen. Die meisten Leute schienen sich zu kennen und wälzten sich grüßend und plaudernd von einem Raum zum anderen. Julia betrachtete die Fotoarbeiten an der Wand und stellte überrascht fest, dass etliche Künstler aus Deutschland stammten.

Unter einer Nahaufnahme von zwei Tauben stand geschrieben: „*Ich war, was ihr seid und was ich bin, werdet ihr sein.*" Der Sinnspruch, erinnerte sich Julia, stand auch über dem Sarkophag auf Masaccios Fresko „Dreifaltigkeit", dem letzten vollendeten Werk vor seinem frühen Tod, das in der Basilika Santa Maria Novella in Florenz hing. Sie musste an die Tauben auf dem Kopf der Garibaldi-Statue vom Vormittag denken.

Dann machte sie im Gedränge Annamaria aus, die sich einen Weg zu ihr bahnte.

Gluckenhaft nahm die Lehrerin Julia unter ihre Fittiche und stellte sie einigen Damen in schwarzen Outfits vor, sowie ein paar hageren Herren mit Vollbärten, Baumwollshirts und engen Hosen. Dazu erklärte Annamaria auf Julias Nachfrage, dass es in San Giovanni Residenzprogramme für ausländische Künstler gab.

Die Künstler der einzelnen Fotoarbeiten kamen zu Wort, bedankten sich bei den Vertretern der Stadt, die die Ausstellung ermöglicht hatten und mischten sich dann unter die Besucher, um ihnen die Bedeutung ihrer Werke zu erläutern.

„Für wen hatte Masaccio gemalt?", zog Julia in Gedanken die Parallele zwischen der heutigen Situation und dem Renaissancekünstler. Für denjenigen natürlich, der ihn bezahlte. Die Familie Brancacci, die die gleichnamige Kapelle in Florenz in Auftrag gegeben hatte, stellte sich später gegen die Medici und wurde deshalb aus Masaccios Gemälden getilgt.

Im Bild der „Predigt des Heiligen Petrus" hatte Masaccio rechts am Rand sich selbst gemalt. Julia grübelte über den geradezu provozierenden Blick Masaccios in diesem Selbstporträt, der von der Szene im Gemälde weg und in Richtung des Betrachters ging, als ob er ihm etwas sagen wollte. Aber was? Bei Restaurierungsarbeiten am Gemälde hatte man zufällig entdeckt, dass Filippino Lippi, der das von Masaccio angefangene Gemälde später vollendete, Masaccios Arm übermalt hatte, der sich in Petrus' Richtung streckte. Hatte Lippi den Arm übermalt, weil die Nähe, die Masaccio zu Petrus demonstrierte, als unangemessen empfunden wurde?

Behutsam begann Julia sich umzusehen, ob sie irgendwo Simon entdecken konnte. Schließlich machte sie ihn aus, wie er sich angeregt, ein Weinglas in der Hand, mit den beiden amerikanischen Architekten aus ihrer Schule und einem weiteren Herrn unterhielt, der die schütteren langen graumelierten Haare zu einem Pferdeschwanz zusammengebunden trug.

Obwohl Julia mit Genugtuung feststellte, wie die Kunst die unterschiedlichsten Welten verband und sie die Ausstellung interessant fand, vermisste sie in dem dunklen Raum doch Licht und Luft und machte Simon ein Zeichen, dass sie nach Hause gehen wollte. Simon löste sich von seinen Gesprächspartnern, während Julia Annamaria zum Abschied zuwinkte, die gerade ein Häppchen zwischen die Lippen schob und heftig zurückwinkte.

BERG- UND WEINBAU

Die Distanzen in San Giovanni waren kurz. Julia bummelte gerne durch die malerischen Gassen der historischen Altstadt, die sie in zehn Minuten zu Fuß durchqueren konnte. Das Viertel, in dem Marta und Marcello wohnten, war offensichtlich in den 6oern oder Anfang der 70er Jahre des 20. Jahrhunderts entstanden. Die meisten Häuser waren schlichte, viereckige Gebäude – Annamaria hatte sie in der Klasse einmal als *„case del geometra"* bezeichnet, als ob sie von einem fantasielosen Techniker ausgedacht worden seien. Manche Häuser waren zwei-, manche drei- oder vierstöckig. Ab und zu hatte ein Stadtverordneter moderne Ambitionen, dann ragten zehnstöckige Minihochhäuser gen Himmel.

Marcello hatte Marta und Julia direkt nach der Arbeit abgeholt und saß am Steuer, während seine Frau neben ihm sich mächtig in Schale geworfen hatte und nachmittags noch extra beim Friseur gewesen war. Julia hatte sich nicht umgezogen, nachdem sie von der Vernissage zurück war, spielte unruhig mit einer Haarsträhne und sah vom Rücksitz des Autos aus dem Fenster.

Die Cantina lag außerhalb der Altstadt von San Giovanni in Richtung Figline. Die Vision der idealen Stadt, wie sie Arnolfo di Cambio am Ende des Mittelalters ursprünglich für den Ort entworfen hatte, war in den Straßen, die sie nun entlangfuhren, längst Vergangenheit. Die Häuser wurden mit jedem Block immer grauer, schäbiger und anonymer. Riesige verlassene Fabrikhallen aus roten Ziegeln blickten aus zerbrochenen Fensterscheiben traurig auf die Straße. *„Was war das einmal?"* deutete Julia auf die Industrieskelette.

Marcello machte eine hilflose Bewegung mit der Hand: *„Ende des 19. Jahrhunderts wurde über San Giovanni in den Hügeln bei Castelnuovo dei Sabbioni Braunkohle abgebaut. Die in San Giovanni errichtete Hütte diente der Weiterverarbeitung der Kohle und war vor 100 Jahren der größte Arbeitgeber des Valdarno. Dann kamen Krisen über Krisen, man stellte auf andere Produktionen um, die Hütte wurde privatisiert, was alles noch schlimmer machte. Heute ist das Unternehmen nach wie vor krisengeschüttelt. Nichts hat sich geändert."*

Nachdem sie durch eine Unterführung gefahren waren, bog Marcello rechts auf ein großes Gelände ein, dessen industriellen Charakter bereits riesige Stahlsilos am Eingang hervorhoben.

Die Cantina war ein Konsortium mit rund 200 Gesellschaftern, größtenteils Kleinbauern und Familienunternehmen. Trotz der Umgebung, die den industriellen Niedergang der Stadt spiegelte, waren die Leute augenscheinlich emsige Arbeiter. Das Gebäude, in dem die Degustation stattfand, war frisch renoviert. Ein Auto nach dem anderen traf auf dem Hof der Cantina ein, vom kleinen Panda bis zum Range Rover. Dies war kein Ort, an den sich viele Touristen verirrten, zu unscheinbar war die Lage, aber für die Einheimischen war die Cantina mit einer Million abgefüllter Weinflaschen pro Jahr ein wichtiger Wirtschaftsfaktor. Julia war gespannt, das nicht auf Hochglanz polierte Italien kennenzulernen.

Die Damen begrüßten sich mit Bussi rechts und links, die Herren per Handschlag. Dann ging es in kleinen Grüppchen in die Degustationshalle. Ein wenig amüsiert beobachtete Julia, dass Frauen und Männer meist getrennte Gruppen bildeten. Im Inneren war das Licht diffus und am Ende der langgezogenen Halle spielte ein Jazzensemble. Mitarbeiterinnen in roten Schürzen reichten den Besuchern Weingläser und einen Brustbeutel aus Stoff, in dem man das Weinglas aufbewahren konnte und somit die Hände frei hatte. Das Büffet bestand ebenfalls aus Produkten der Gesellschafter, so zum Beispiel Pecorino-Käse mit Honig und Konfitüren, *Crostini* mit verschiedenen Aufstrichen, Pizzaschnitten sowie *Prosciutto semidolce*, einen leicht gesalzenen, rohen Schinken. Desweiteren *Sbriciolona*, eine frische Salami, die in kleine Stückchen zerfiel, als Julia sie auf den Teller legen wollte, außerdem Fenchelsalami *Finocchiona* und *Tarese*, eine Schinkenspezialität, die nur von wenigen Metzgern im Valdarno verarbeitet wird, wobei das Fleisch in der Vorbereitung mit einer Mischung aus Pfeffer, Knoblauch, Wacholderbeeren und anderen Gewürzen eingerieben und bis zu drei Monate gelagert wird.

Ein Gefühl sagte Julia, dass sie beobachtet wurden. Als sie sich umdrehte, kam eine elegant gekleidete, blondierte Mittfünfzigerin mit weit ausgebreiteten Armen auf Marta zu, um ihr zwei „Baci" auf die Wangen anzudeuten.

Ihr folgte ein schlanker Herr in perfekt sitzendem Anzug und kurz getrimmten, grau melierten Vollbart, der Marcello bei der Begrüßung gerade so viel Aufmerksamkeit schenkte wie nötig, um nicht unhöflich zu wirken, sich nach wenigen Worten dann einem anderen Gast zuwandte und sich mit diesem in ein Gespräch vertiefte. Bei genauerem Hinsehen erkannte Julia, dass der Mann, mit dem er sich unterhielt, der gleiche war, den sie am Vormittag vom Fenster über die Straße hinweg im Büroraum gegenüber beobachtet hatte. Der schlanke Herr legte einen Arm vertraulich auf die Schulter des untersetzten Glatzköpfigen mit dem Spitzbart und die beiden gingen in eine ruhige dunkle Ecke, um sich ungestört unterhalten zu können.

Julia zweifelte nicht daran, dass es sich bei der Frau und dem gleichaltrigen Mann um die Eltern von Serena handelte. Im Halbdunkeln der Cantina trafen ihre Augen schließlich die von Serena, die aus dem Dunkel trat und Marta und Marcello freundlich mit Wangenkuss begrüßte.

Serena war nicht nur hübsch, sie war bildschön. Ihre ebenmäßigen, gebräunten Gesichtszüge mit hohen Wangenknochen wirkten im diffusen Licht wie von einem Bildhauer gemeißelt. Dunkle, perfekt inszenierte Locken fielen weich auf ihre Schultern. Zu engen schwarzen Hosen trug sie ein einfaches helles Top mit weitem Ausschnitt, das gerade so viel Einblick auf ihr Dekolleté ermöglichte, um die Augen der umstehenden jungen und weniger jungen Männer magisch anzuziehen. Die schwarzen Pumps mit 12 Zentimeter hohen Absätzen brachten ihre schlanken Beine zur Geltung. Sie bewegte sich geschmeidig, nahm beiläufig das Glas Roséwein, das man ihr reichte, und fixierte weiterhin Julia mit undurchdringlichem Blick aus großen dunklen Augen.

Obwohl Julia sich in ihren einfachen Jeans und der sportlichen Bluse wie ein Aschenputtel fühlte, setzte sie ihr ehrlichstes Lächeln auf und ging auf Serena zu, um sie zu begrüßen. Unter ihren Füßen war eine Glasplatte im Boden eingelassen, durch die man in den Keller der Cantina sehen konnte. *„Fehlt nur noch, dass die Platte bricht"*, schoss es Julia in den Sinn.

Marta stellte sie Serena und ihrer Mutter vor. Beide waren freundlich, Serena eine Spur reservierter, aber vielleicht war das ihre Art. Dann erklärte Marta ihnen, dass Julia gerade ihr Kunstgeschichtsstudium beendet hatte und Serenas Mutter entgegnete zu Julia gewandt, dass ihre Tochter nach Beendigung des Jurastudiums nun in einer angesehenen florentiner Kanzlei als Anwältin arbeitete.

Die Musiker improvisierten eine jazzige Melodie. Der Raum war jetzt gut gefüllt, dicht drängten sich die unterschiedlichsten Besucher zum Buffet. Wie zuvor schon in der Casa Masaccio schienen sich auch hier die meisten zu kennen, obgleich der Andrang wesentlich größer war als bei der Vernissage. Die Leute waren offensichtlich mit ihrem Ort sehr verwurzelt und jeder Gast schien eine präzise Rolle in der Gesellschaft zu haben.

Seit dem ausgehenden Mittelalter war das Arnotal eine wichtige Kornkammer von Florenz und viele reiche florentiner Familien besaßen Palazzi und Fattorie in der Ebene und den umliegenden Hügeln. Als die Zeiten im 16. und 17. Jahrhundert für den Handel aufgrund der sich zuspitzenden Konflikte in Europa durch Reformation, Dreißigjährigen Krieg und Pest zunehmend schwieriger wurden, besannen sich die Florentiner wieder auf die Landwirtschaft und bauten ihre Besitztümer im Valdarno aus.

Julia erinnerte sich, dass auch Serenas Eltern Wein produzierten und um mit Serena eine Konversation zu beginnen, deutete sie auf ihr Glas und fragte: *„Ist das euer Wein?"* Wegen des Geräuschpegels hatte Julia Mühe, Serenas Antwort zu verstehen und machte ihr ein Zeichen, ob sie hinausgehen könnten, um sich besser zu unterhalten.

Draußen stand die Sonne mittlerweile niedrig, so dass die zahlreichen Besucher, die auf dem Vorplatz standen, in weiches, warmes Licht getaucht waren. Immer wieder grüßten Leute Serena im Vorbeigehen. Die beiden stellten sich schließlich an einen der hohen Cocktailtische, während Serena Julia erklärte, dass ihrer Familie ein Bauunternehmen gehörte. Neben ihrem Kerngeschäft investierten sie seit den 90er Jahren auch in die Weinproduktion. Dann erwiderte sie auf Julias Frage von vorhin: *„Nein, unser Wein ist hier nicht vertreten. Wir haben andere Vertriebskanäle."* Dabei stellte sie das noch halbvolle Weinglas, in das die tiefstehende Sonne pfirsichrote Reflexe zauberte, auf den Tisch.

Bis in die späten 90er Jahre des 20. Jahrhunderts boomte in der Toskana die Bauwirtschaft. Die Immobilienpreise schossen in schwindelerregende Höhen und es schien, als ob die Entwicklung nie ein Ende nehmen würde. Mit der Finanzkrise 2007 kam die Bautätigkeit mehr und mehr zum Erliegen und hatte sich seitdem nicht erholt.

Weitere Gäste gesellten sich an ihren Tisch. Ein Mann, kleiner als Julia, trug eine an den Knien ausgebeulte Jeans und ein kariertes Hemd, seine noch kleinere Frau tippelte auf kurzen Beinen hinter ihm her und gab sich alle Mühe neben Serena vornehm zu wirken, aber man sah ihr an, dass sie sich unwohl fühlte. Ihre Hände waren rissig von der Arbeit draußen auf dem Feld. Unter den Fingernägeln konnte man Spuren von Erde sehen. Julia hob höflich ihr Glas und prostete dem Ehepaar lächelnd zu: *„Cin cin"*, was dieses mit einem *„Salute"* dankbar erwiderte, während Julia versuchte sich Serena in Gummistiefeln und mit robuster Schere in der Hand vorzustellen, wie sie Trauben einzeln prüfte und die Reben beschnitt, aber ihre Phantasie reichte dafür nicht aus.

Wie sie Serena so ansah, die durch jedes Detail ihres Auftretens und ihrer Kleidung ihren Status festschrieb, musste Julia unwillkürlich an die bürgerliche Familie der Medici denken, die sich mit jeder Generation intensiver bemühte, durch Heirat, politische Schachzüge und Mäzenatentum den Adel zu imitieren. Als Serena wieder zum Verkostungsglas griff, sah Julia einen zarten, mit Diamanten besetzten Ring an ihrer feingliedrigen Hand funkeln.

In diesem Augenblick vermisste Julia Simon, der mit seiner lustigen Art sicher sehr unterhaltsam gewesen wäre. Vielleicht wäre es ihm auch gelungen, Serena aus der Reserve zu locken. Er war mit den beiden amerikanischen Ostküsten-Architekten nach dem Abendessen zum Open-Air-Kino verabredet, das in der Nähe der Schule lag.

Kostenlose Parkplätze gibt es am mittelalterlichen Stadttor „Torre d'Arnolfo" eingangs von **Castelfranco**. Durch das Tor geht man die Hauptstraße entlang und biegt dann auf der Piazza rechts ab in die Via Piave. Sie verlassen den Ortskern durch ein weiteres Stadttor.

Dahinter biegt rechts ein Wanderweg ab, der immer weiter hinunter ins Tal zu den *„Balze"* und dann einen Bach entlang führt. An einer beschilderten Abzweigung gehen Sie auf einer Schotterstraße nach links.

Nach ca. einer halben Stunde beginnt der Aufstieg durch den Wald, vorbei an einer Schwefelquelle, bis Sie am anderen Ende von Castelfranco auf der Via Setteponti ankommen. Der Weg zurück nach Castelfranco führt vorbei an der **Abtei Badia a Soffena**, deren Innenhof und Fresken in der Kirche sehenswert sind.

DIE „BALZE"

Den Begriff „Balze" hatte Julia erst googeln müssen. Als sie ihn zum ersten Mal gehört hatte, war ihr nicht klar, was damit gemeint war. Als Übersetzung fand sie „Steilhang", aber die Balze waren mehr, wie Annamaria ihr am nächsten Morgen erklärte. Es handelte sich um Sedimente aus Sand, Stein und Lehm, denn vor Jahrmillionen war der Valdarno ein riesiger See. Das Klima wandelte sich, wurde Dschungel, dann wieder Savanne und nach einer kalten Periode entwickelte sich über Jahrtausende die heutige Fauna und Flora.

Annamaria war begeistert, als Julia ihr erzählte, dass sie und Simon gleich nach dem Unterricht die Via Setteponti entlang fahren würden und hielt sie an, einen Stopp bei den Balze einzuplanen, die kurz vor Castelfranco besonders schön seien. Wenn die Lichtverhältnisse sich änderten, changierten die Farben der Steilhänge in roten, gelben und braunen Farbtönen. Besonders stimmungsvoll seien die Sedimente auch bei Sonnenuntergang und Annamaria, die große Vergleiche liebte, unterstrich: *„Wie der Grand Canyon in Amerika – ma piccolo."*

Wie schon die Tage zuvor kündigte der Morgen einen herrlichen Tag an. Der Himmel strahlte in wolkenlosem Kornblumenblau. Die Morgenstunden gefielen Julia besonders, weil sich dann die Konturen der Landschaft klar gegen den Himmel abhoben, bevor die flirrende Augusthitze sich wie eine Glocke über das Tal legte und das Thermometer auf über dreißig Grad kletterte. Julia war froh, dass sie mit der Vespa unterwegs waren, denn durch den Fahrtwind würde sie die Hitze weniger spürten.

Simon war schon seit dem Morgen kaum zu bremsen, er freute sich sichtlich auf den Ausflug mit Julia. Und Annamaria war es nicht verborgen geblieben, dass es zwischen Simon und Julia knisterte. Annamaria liebte Seifenopern und nahm lebhaft an den emotionalen Verwicklungen Anteil, die ab und an die jungen Studentinnen und Studenten erfassten. Deshalb entließ sie die Klasse noch bevor die nahe Kirchturmuhr das Ende der Lektion verkündete und wünschte mit einem Augenzwinkern zu Simon und Julia einen schönen Nachmittag: *„Divertitevi!"* - (Vergnügt euch).

Die beige Vespa Primavera, die sich Simon für die gesamte Dauer seines Aufenthalts gemietet hatte, bot bequem Platz für zwei Personen. Unter dem Sitz verstaute Julia ihre Windjacke, rieb sich schnell noch Sonnencreme auf die nackten Arme und setzte ihre Ray-Ban auf, damit ihr auf der Fahrt keine Insekten in die Augen flogen. Die Sonne stand im Zenit, als die beiden den Arno überquerten und in die Straße nach Castelfranco einbogen.

Julia lehnte ihren Oberkörper an Simon und fasste mit einer Hand an seine Taille, um besseren Halt zu finden. In den Kurven neigten sie sich gemeinsam zur Seite, während der Fahrtwind angenehm erfrischte. Unter Simons Helm schauten Büschel seiner Locken hervor und sein Hals duftete nach Duschgel.

San Giovanni lag hinter ihnen und vor ihnen baute sich nun das Pratomagno-Gebirge in immer größeren Hügeln auf. Links sah Julia ein Schild mit dem Hinweis „Renacci". Von hier stammte also einer der ersten Lehrmeister und Kollegen Masaccios. Der zwanzig Jahre ältere Meister hieß ebenfalls Tommaso, war allerdings klein und zierlich von Statur, weshalb er „Masolino" gerufen wurde. Die Endung „-ino" bedeutete immer eine Verniedlichung. Die beiden Tommaso – der kleine und der große – arbeiteten zusammen in der Brancacci-Kapelle und teilten sich die Arbeiten. Manchmal malte Masolino die Figuren und Masaccio die Umgebung und dann wieder umgekehrt. Masolino war ein angesehener Vertreter der internationalen Gotik, während der junge Masaccio mit immer revolutionäreren Ideen experimentierte.

Eine Neuheit, die Julia beim „Zinsgroschen" gleich auffiel, war zum Beispiel, dass Masaccio im Bild die vorderste Bergreihe dunkel gemalt hatte und die Berge dahinter hell. In der Malerei war dagegen Brauch, die weiter entfernte Natur dunkler zu malen. Julia sah auf die Bergkette vor sich und es schien ihr bei den aktuellen Lichtverhältnissen offensichtlich, dass Masaccio die Wirklichkeit richtig abgebildet hatte. Wie sehr man doch für wahr nahm, was die Konventionen lehrten, während sich alles ganz anders darstellte, wenn man nur mit eigenen Augen genauer hinsah.

Nach wenigen Kilometern eröffnete sich das Panorama auf die Balze, die wie ein Paravent von gelblich-braunen Kronen und Zacken vor dem Pratomagno standen. Auf einem Plateau über den Balze lag die Ortschaft Castelfranco. Julia konnte deutlich den Turm der Stadtmauer aus dem 14. Jahrhundert erkennen. Je näher sie kamen, desto größer wurden die Balze, wobei die senkrecht stehende Mittagsonne sie zweidimensional wie ein Scherenschnitt erscheinen ließ.

In einer scharfen Linkskurve wies ein Schild rechts auf die Balze und sie bogen ab in eine wenig befahrene Schotterstraße. Weißer Staub wirbelte hinter ihnen auf und Simon hatte Mühe, die kleinen Räder der Vespa an den Schlaglöchern vorbeizulenken. Julia tippte Simon auf die Schulter und rief ihm ins Ohr: „*Lass uns hier anhalten und ein bisschen spazierengehen.*" Simon stellte die Vespa hinter einem Baum ab und sie verstauten die Helme im Sitz.

Zwischen Weinbergen und Wiesen gingen sie zu Fuß weiter in das Tal hinein. Die senkrecht aufragenden, bis zu siebzig Meter hohen Steilhänge zu ihrer Linken schimmerten in der Mittagshitze. Julia konnte genau die verschiedenen waagrechten Schichten erkennen, die unten helleres, oben wieder dunkleres Sediment enthielten. Die Erosion trug die Balze dazu noch vertikal ab. Auf den Spitzen der Steilhänge wuchs Gras und hier und da auch ein kleiner Baum. Kolonien von farbenprächtigen Bienenfressern hatten ihre Höhlen in die Steilhänge gebaut und flogen emsig hin und her. Die Landschaft erinnerte tatsächlich ein bisschen an Arizona im Kleinformat. Julia hätte nie gedacht, dass eine so andere Welt nur zehn Minuten von San Giovanni entfernt existierte.

Der ebene Weg verlief parallel zu den Steilhängen und die Sonne brannte heiß auf sie herab, bevor sie an ein Bächlein gelangten, das rechter Hand neben ihnen plätscherte und an dessen Ufer Bäume willkommenen Schatten spendeten. Sie unterhielten sich über Italien im Allgemeinen und den Valdarno im Besonderen. Simon hatte in den Wochen, die er bereits hier verbracht hatte, viel erkundet und schien auf jede Frage eine Antwort zu kennen. Seine zerzausten lockigen Haare standen wild nach allen Seiten ab, während er Julia erzählte, dass in den Lehmgruben im Tal Fossilien von Tieren gefunden worden waren, darunter europäische Elefanten, Hyänen und Nashörner. *„In Montevarchi gibt's ein Museum mit verschiedenen Fundstücken, aber die schönsten Teile hat Florenz für sein Naturgeschichtliches Museum geklaut."* Simon nannte die Dinge beim Namen.

Er sprach ausgezeichnet Italienisch und hatte nur einen ganz leichten, weichen englischen Akzent, der die Wörter sanft rollte. Wie er so in seinen karierten Bermudas und khakifarbenem T-Shirt mit den Armen gestikulierte, ungeachtet der Sonne, die auf sie herab glühte, und über Geschichte, Museen und Kunst sprach, meinte Julia, einen Touristen der englischen Grand Tour des 19. Jahrhunderts neben sich zu haben.

Sie sprachen auch über Filme und Simon klärte Julia darüber auf, dass verschiedene Szenen von Roberto Benignis Meisterwerk „Das Leben ist schön" entlang der Via Setteponti und in einer Jugendstilvilla von Montevarchi gedreht worden waren, während die meisten Anfangsszenen des Films in Arezzo spielten.

Am Ende des Wegs erreichten die beiden eine familiäre Osteria und setzten sich auf die überdachte Veranda, wo große Holztische und lange Bänke die Besucher erwarteten. Der Wirt war freundlich und tischte riesige *Antipasti*-Platten auf, dazu eine Karaffe Wein „*von meinem Nachbarn*". Die einfachen toskanischen Gerichte waren von seiner „Mamma" am Vormittag frisch zubereitet worden.

Bald gesellte sich der Wirt zu ihnen und erzählte von einer nahen Höhle in den Balze, in der früher, als es noch keinen Kühlschrank gab, Lebensmittel aufbewahrt wurden. Die entspannte, freundschaftliche Atmosphäre war, was Julia in ihrem Italienbild als „typisch" verankert hatte. Der Wein zur Mittagszeit tat ein Übriges, sie lachten und scherzten, und die Zeit dehnte sich, dass sie ihr eigentliches Ziel darüber fast vergaßen. „*Carpe diem*", dachte sich Julia, der Augenblick war, was zählte und in diesem Moment war sie glücklich.

Das erste bekannte Masaccio zugeschriebene Werk ist das **Triptychon von San Giovenale**. *Beim Thron hat der Maler Brunelleschis Erkenntnisse über die Zentralperspektive angewandt. Die Schrift im aufgeschlagenen Buch des San Giovenale wurde mit der Handschrift eines Katastereintrags Masaccios verglichen und für identisch befunden. Am unteren Bildrand ist zum ersten Mal überhaupt in Europa die Datumsangabe in humanistischen und nicht mehr in gotischen Buchstaben geschrieben.*

Museum Masaccio „d'Arte Sacra", Via Casaromolo 2/a, Cascia, Reggello.

Öffnungszeiten: *Dienstag und Donnerstag 15-19.30 Uhr, Samstag und Sonntag 9.30-12.30 und 15-19.30 Uhr geöffnet. Montag und Freitag geschlossen.*

Eintritt: *Erwachsene € 3,00 pro Person, ermäßigt € 2,50.*

VIA SETTEPONTI: SAN GIOVENALE UND CASCIA

Ihr erstes Ziel war das Museum Masaccio in Cascia. Dort befand sich das früheste Werk Masaccios, das Triptychon von San Giovenale. Simon wusste auch darüber Bescheid und hatte Julia auf dem Rückweg zur Vespa unter sengender Sonne die Geschichte Masaccios erzählt.

Die Familie Masaccios besaß – wie so ziemlich alle Familien in San Giovanni – ein Stück Land außerhalb der Stadt, das sie bewirtschaftete. Das ihre befand sich bei San Giovenale unterhalb von Cascia. Das Triptychon Masaccios, datiert auf den 23. April 1422, wurde von der Kirche von San Giovenale in Auftrag gegeben und galt als das erste Werk der Frührenaissance, das die Zentralperspektive Brunelleschis berücksichtigte. Die Hauptfiguren des Triptychons waren die Jungfrau mit Kind und der Fluchtpunkt der Perspektive lag hinter dem Gesicht der Madonna.

Erst 1961 hatte man das Triptychon entdeckt und Masaccio zuordnen können. Der 21jährige war zu diesem Zeitpunkt der einzige Maler im florentiner Raum, der imstande war, die Perspektive Brunelleschis auf die Malerei zu übertragen. Die Handschrift des aufgeschlagenen Bibelpsalms 110 war mit Masaccios Handschrift in einem Katastereintrag verglichen worden und klar dem Meister zuzuordnen. Der angehende Maler hatte sich erst wenige Monate vorher im Jahr 1422 in Florenz in die Gilde der Ärzte und Apotheker eingeschrieben, weil nur ein Eintrag in eine Gilde gewährleistete, dass er berechtigt war, Honorar für wichtige Aufträge entgegenzunehmen. Wie so viele andere Maler hatte Masaccio diese Gilde gewählt, weil die Apotheker die Farbpigmente und andere zum Malen nötige Utensilien verkauften. Vielleicht spielte bei der Wahl der Gilde auch eine Rolle, dass nach dem frühen Tod von Masaccios leiblichem Vater die Mutter in zweiter Ehe einen Apotheker geheiratet hatte.

Simon fuhr mit Julia durch ein Tunnel Richtung Faella, durchquerte den Ort im Tal und hielt auf Vaggio zu, wo er links eine Brücke über den Gebirgsbach Resco nahm, der jetzt beinahe ausgetrocknet war. Dann begann der Anstieg Richtung Reggello und Julia war froh, dass Simons Vespa ein neues Modell war, das auch mit zwei Passagieren mühelos die Kurven hoch in die Hügel nahm. Simon deutete mit der rechten Hand in eine flache Talzunge, in der in einem weiten ebenen Feld eine kleine Gruppe Häuser samt Kirche lag und um das Geräusch der Vespa zu übertönen, rief er ihr mit lauter Stimme zu: *„Das ist San Giovenale, hier wurde das Triptychon gefunden."*

Wenige Augenblicke später tauchte vor ihnen die romanische Kirche von Cascia mit dem von vier Arkaden getragenen Portikus und ihrem rechteckigen Kirchturm auf. Durch den raumgreifenden, mit unregelmäßigen Steinen gepflasterten Vorplatz konnte die Kirche ihre Wirkung auf den Betrachter entfalten. Häuser und eine Pizzeria rahmten in einer sanft geschwungenen Kurve den Platz und die Kirche ein und gaben dem Ensemble einen malerischen Anstrich.

Das Museum mit dem Frühwerk Masaccios und anderen sakralen Ausstellungsstücken lag hinter der Kirche. Als Julia und Simon eintrafen, bekam ihre Stimmung allerdings einen herben Dämpfer, denn sie mussten feststellen, dass das Museum Mittwoch nachmittags geschlossen war. Julia machte ihrer Enttäuschung mit einem impulsiven Kraftausdruck Luft. Simon reagierte amüsiert und versuchte sie zu beschwichtigen, das Museum werde sicher von Freiwilligen betrieben, da könne man nicht erwarten, dass es immer ganztags geöffnet sei. Das Argument besänftigte Julia nur halb. Wenn sie sich einmal einen Plan zurechtgelegt hatte, war es schwer, sie von ihrem Vorhaben abzubringen und wenn es ihr verwehrt war, das gesteckte Ziel zu erreichen, nahm sie das mit Unmut auf.

Um auf andere Gedanken zu kommen, blickte Julia auf die Kette von Hügeln, die sich hinter der romanischen Kirche in verschachtelten Formen bis zur Bergspitze erhoben. Ein Hügel hatte eine einprägsame konische Spitze und war von Mischwald bedeckt. Wieder kamen Julia die verschiedenen Gemälde Masaccios in den Sinn und die plastischen Berge im Hintergrund des „Zinsgroschen"schienen ihr dieselben, auf die sie jetzt blickte.

Ein alter Mann kam schleppenden Schrittes im Schatten der Kirche auf sie zu und fragte neugierig, ob sie das Museum besuchen wollten. Simon bejahte und da der Alte offensichtlich Zeit hatte und plaudern wollte, fragte Julia ihn, wie die Berge hinter ihnen hießen.

Der Alte deutete auf den spitzen Pyramidenkegel und sagte: „*Das ist der Monteacuto. Darunter liegt Poggio alla Regina, wo schon die Etrusker lebten.*" Er schien sich nicht sicher, ob die Ausländer alles verstanden und sprach deshalb jedes Wort langsam und gedehnt. Dann verzog er seinen fast zahnlosen Mund zu einem Lächeln. Auch wenn ihm die Berge wesentlich interessanter schienen als die Kunstwerke im Museum, taten ihm doch die beiden jungen Leute leid, die von weither gekommen waren, um das Triptychon zu sehen. Mit einer Geste bedeutete er ihnen zu warten, dann zeigte er mit dem Daumen auf sich und danach auf die Kirche: „*Ich frage den Pfarrer, ob ich euch das Museum aufschließen kann.*"

Mit diesen Worten verschwand er um die Ecke und Julia und Simon suchten Schutz im Schatten der Kirche. Nach ein paar Minuten kam der Alte zurück und winkte ihnen mit einem Schlüsselbund zu.

Dafür liebte Julia Italien: eine Bekanntschaft machte selbst das Unmögliche möglich. Nachdem er ihnen das Museum aufgesperrt und die Beleuchtung angeschaltet hatte, überließ der Alte die beiden ihren Plänen, setzte sich auf einen Stuhl und wartete.

Als Simon das Triptychon erblickte, war er hellauf begeistert. Es war schön, keine Frage, das Jesuskind hatte in kindlicher Manier den Zeige- und Mittelfinger noch im Mund, nachdem es von Weintrauben genascht hatte. Julia besah sich das Gemälde genauer. Der Thron der Maria war perspektivisch gemalt. Die beiden Heiligen rechts stellten San Giovenale und San Antonio Abate, den Schutzheiligen der Landwirtschaft, dar, zu dessen Füßen ein kleines Schweinchen zu ihm aufsah. Die Heiligen auf der linken Tafel waren ein dunkelhäutiger San Bartolomeo mit dem Matthäus-Evangelium in der Hand und daneben San Biagio.

Nach Julias Empfinden waren die Heiligen rechts plastischer und hatten etwas von der realistischen, ja bisweilen kruden Derbheit, die Masaccio kennzeichnete. Was sie stutzig machte, war die Gestalt der Maria, die ihr doch sehr verschieden vom Stil Masaccios schien. Simon wischte mit einer Handbewegung ihre Zweifel beiseite und sagte: *„Es ist ein Masaccio.“* Julia zog lächelnd eine Braue nach oben und meinte versöhnlich: *„Wahrscheinlich hast du ja recht. Aber vielleicht haben ihm sein Bruder Giovanni oder sein Schwager Mariotto di Cristofano ein bisschen geholfen?“*

Nachdem Masaccio um 1417 nach Florenz gezogen war, wurde Mariotto - der ebenfalls aus San Giovanni stammte - für den angehenden Maler eine wichtige Bezugsperson. Im Jahr bevor das Triptychon entstand, hatte Mariotto zudem die Stiefschwester Masaccios geheiratet. Seit seiner Kindheit lebte Masaccio in einem Umfeld, das die Malerei und verwandte Handwerkstechniken praktizierte, angefangen bei seinem Großvater Mone di Andreuccio, der hölzerne Truhen herstellte, die dann bemalt wurden.

Die **Abtei Badia a Soffena, Via di Soffena 2, in Castelfranco** befindet sich entlang der Via Setteponti außerhalb des mittelalterlichen Stadtgürtels. Sie wurde
zum ersten Mal 1014 erwähnt und gehörte ab 1090 zur Abtei von Vallombrosa.
Im Laufe der Jahrhunderte vielfach umgebaut, wurde sie im 18. Jahrhundert
schließlich entweiht und in eine Fattoria umgewandelt.

Neben dem malerischen Innenhof sind die Fresken in der Kirche sehenswert,
darunter eine „Mariä Verkündigung" des Bruders von Masaccio und eine
„Madonna mit Jesuskind" von Paolo Schiavo.

Öffnungszeiten: Montag, Mittwoch, Freitag 13-19 Uhr und Dienstag, Donnerstag, Samstag 8-14 Uhr geöffnet, sowie jeden zweiten und vierten Sonntag-
vormittag im Monat. Jeden zweiten und vierten Montag und ersten und dritten
Sonntag des Monats geschlossen, außerdem am 1. Januar, 1. Mai und 25. Dezember. Bitte Klingel am Eingang läuten.

Eintritt frei.

VIA SETTEPONTI: PIAN DI SCÒ UND CASTELFRANCO

Eine Abkürzung brachte Simon und Julia von Cascia direkt auf die Via Setteponti, die bereits die Etrusker von Fiesole nach Arezzo führte und von den Römern „Cassia Vetus" getauft wurde, woran der Ortsname Cascia noch erinnert.

Den Berg zur linken und das Tal zur rechten Seite, hatte Julia bald den Eindruck, dass die Straße nicht „Sieben Brücken", sondern eher „70 Kurven" heißen sollte. Es machte Spaß, eng an Simon gelehnt, sich mit dem Lauf der Straße abwechselnd nach rechts und links zu neigen. Zu beiden Seiten der Straße wechselten sich Wald mit Olivenhainen ab, die manchmal sehr gepflegt und kurz beschnitten waren, manchmal wuchernd und verwildernd. Das Panorama ins Tal war hier in ca. 400 Höhenmetern herrlich.

Dann sah Julia links hinauf zum Berg und nahm beiläufig das Turmhaus wahr, das sie schon auf der Zugfahrt bemerkt und auf das Display ihres Handys gebrannt hatte. Hell ragte der Turm in der Hausmitte auf. Es schien ihr kleiner als von Weitem und war sicher nicht besonders alt. Eine Abzweigung in Richtung des Turmhauses wies den Weg hinauf nach Casabiondo und Menzano.

Immer wieder überholten Simon und Julia Radfahrer, die auf Rennrädern und in profimäßigem Outfit die Via Setteponti selbst zu dieser Tageszeit, wo die Sonne noch hoch stand, entlangfuhren. An einem in eine Mauer eingelassenen Brunnen kurz vor Pian di Scò bremste Simon, als er eine Gruppe Radfahrer traf, die ihren Wasservorrat auffüllten und versicherte sich, dass das Wasser trinkbar sei. Simon und Julia warteten, bis sie an der Reihe waren und Julia ließ das frische Nass über ihre Arme laufen, die die Sonne bereits gerötet hatte.

In Pian di Scò hielten sie an, um die einfache romanische Kirche mit schlankem Turm und Aussichtsterrasse zum Tal hin und die Chiantiberge anzuschauen. Die romanischen Kirchen in der Gegend heißen „Pieve", was auf das Lateinische „*plebs*" - (Volk) zurückgeht und anzeigt, dass sie für das gewöhnliche Volk auf dem Land gedacht waren. Die Kirchen waren einfach strukturiert und kaum verziert, erfüllten für die Gemeinschaft allerdings wichtige Funktionen und führten ein Geburten- und Sterberegister.

Simon ging Julia voran in das schnörkellose und doch anmutige dreischiffige, über 1000 Jahre alte Bauwerk, das zur Apsis hin merklich anstieg, als würde ein Segelschiff eine Welle erklimmen. In der Kirche war es angenehm kühl. Simon machte Julia auf eine mit Motiven aus der Landwirtschaft verzierte Säule aufmerksam. Als er den Klang seiner Stimme vernahm, stellte er erstaunt fest: *„Was für eine tolle Akustik die Kirche hat!"* Nicht umsonst finden im Sommer oft Konzerte in den romanischen Kirchen statt.

Die Via Setteponti machte gleich nach der Kirche einen scharfen Knick nach links und streifte den Ort nur. Zwischen Pian di Scò und Castelfranco wechselten sich Felder mit schattigen Waldstücken ab und als sie an den Ortseingang von Castelfranco kamen, meinte Simon zu Julia: *„Wie wär's mit einem Eis? Lass uns in den Ort hineinfahren."*

Castelfranco war die hübsche kleinere Schwester von San Giovanni und ebenfalls von Arnolfo di Cambio konzipiert, mit einer zentralen Piazza und rechtwinklig abgehenden Straßen. Auf der talwärtigen Seite lag das noch erhaltene Stadttor „Torre d'Arnolfo". Auch Reste der mittelalterlichen Stadtmauer waren noch vorhanden, so dass das Dorf einen charakteristischen Anblick bot. Auf einer Tafel neben dem Turm las Julia, dass Castelfranco zum Kreise der „*100 Borghi più belli d'Italia*" zählte, zu den 100 schönsten Dörfern des Stiefels.

Auf der fast menschenleeren Piazza gab es eine Eisdiele und sie setzten sich in die weißen Loungesofas unter ausladende Sonnensegel. In diesem Moment sperrte die Blumenfrau auf der gegenüber liegenden Straßenseite ihr Geschäft auf und mit einem *„Moment"* war Simon aufgesprungen und kehrte danach mit einer roten Rose zurück, die er Julia mit einer nonchalanten Verbeugung und einem neckenden Lächeln reichte: *„Dafür, dass du mir den Rücken freihältst."*

Worauf Julia mit einem Augenzwinkern zurückgab: *„Gerne geschehen, eine starke Schulter zum Anlehnen ist immer willkommen."* Dann sah sie eine Polizistin der „Polizia Municipale" in dunkelblauer Uniform über die Piazza gehen und in ein Gebäude gegenüber verschwinden. Julia wunderte sich immer über die Vielzahl an Polizeiarten, die es hier gab und die jede eine eigene Uniform und ihr spezielles Aufgabengebiet hatten. Offiziell gab es sechs Polizeien, darunter die „Municipale", die sich um den Verkehr kümmerte und für Knöllchen und Blitzkontrollen zuständig war, dann die graue „Finanza", die feschen „Carabinieri" und so fort. Inoffiziell mit Untergruppierungen waren es um die zwanzig.

„Machen wir einen Versuch und fragen, was es hier zu sehen gibt", sagte Julia. Sie standen auf. Die Polizistin war hilfsbereit und auch ein bisschen stolz, dass sich die beiden für die Sehenswürdigkeiten eines so kleinen Ortes interessierten, wo doch Florenz nicht weit war und normalerweise die Touristenströme monopolisierte.

Sie überlegte einen Moment, was wohl einen Touristen interessieren könnte, denn sie betrachtete die Dinge eher von der praktischen Seite. Die Badia a Soffena am Ortseingang sei eine sehenswerte Abtei, meinte sie, parken könnten sie auf der Wiese direkt neben dem Eingang. In der Kirche neben dem Innenhof gäbe es Fresken vom Bruder Masaccios und von Paolo Schiavo.

Langsam kamen die Leute aus ihren Häusern und die Piazza füllte sich. Die Pensionäre trafen sich an der Bar zum Kartenspiel, die Frauen machten Erledigungen und Gruppen Jugendlicher fuhren auf ihren getunten Mopeds vorbei, um im Pulk in die nächstgelegenen Freibäder nach Reggello oder San Giovanni zu fahren.

Museum Venturino Venturi, Piazza Giacomo Matteotti 7, Loro Ciuffenna.

Öffnungszeiten: *1. April bis 30. September täglich 9.30-12.30 und 16-19 Uhr geöffnet, 1. Oktober bis 31. März samstags und sonntags 15-18 Uhr geöffnet. Am 8. Dezember, 26. Dezember, 1. Januar, 6. Januar ebenfalls von 15-18 Uhr geöffnet.*

Eintritt: *Erwachsene € 4,00 pro Person, Kinder bis 6 Jahren gratis, von 7 bis 12 Jahren € 2,00.*

Die älteste noch funktionierende Wassermühle der Toskana, Via del Mulino 2, Loro Ciuffenna: *tagsüber geöffnet oder nach Vereinbarung unter der Telefonnummer +39.339.8654040.*

VIA SETTEPONTI: LORO CIUFFENNA

Bei der Abtei Badia a Soffena bogen sie wieder nach rechts auf die Via Setteponti ein. Sie fuhren durch kleine Ortschaften, die sicher die ein oder andere Entdeckung preisgegeben hätten, wie Certignano, wo das Hinweisschild einer Fattoria zu Weindegustationen einlud, danach Malva und Montemarciano.

Hinter einer Kurve und abschüssigen Geraden lag, wie zum Schutz nach hinten in die Berge versetzt, Loro Ciuffenna, das einen malerischen Anblick bot. Ineinander verschachtelt klammerten sich Häuser, teils aus Stein, teils in rostroten oder matten Pastellfarben verputzt, auf der Kuppe des Hügels aneinander. Ein Turm mit großer Uhr fiel ins Auge. Es war fast 17 Uhr. Dahinter erstreckte sich der Pratomagno und Julia sah das rote Gipfelkreuz auf der baumlosen Bergspitze leuchten. Die Kuppe war eine riesige Wiese – „Prato Magno" eben.

Sie überquerten eine hohe Brücke und Julia hörte tief unten das Rauschen eines Baches, der offensichtlich noch genug Wasser führte. Sicher war dies der Ciuffenna, dessen Name wie alle Wörter auf „-enna" oder „- anna" auf die etruskischen Wurzeln des Ortes verwies.

Noch vor dem Ortseingang lag ein großer kostenfreier Parkplatz, wo sie die Vespa in einer schattigen Ecke abstellten. Durch eine enge Gasse gingen sie auf großen Pflastersteinen hinauf zum Ortskern. Wie San Giovanni im Tal hatte auch Loro Ciuffenna einen Entwicklungsschub durch die florentiner Herrschaft im 13. Jahrhundert erfahren, aber im Gegensatz zur städtischen Entwicklung im Tal war hier der ländliche Charakter des urspünglichen Bergdorfes erhalten geblieben.

Bars und kleine Geschäfte wechselten einander ab und sie gelangten zur zentralen Piazza, die eigentlich nur eine breitere Kurve darstellte und eher beiläufig wirkte. Das Dorf Loro Ciuffenna wurde von vielen Touristen besucht, die in Shorts die engen Gässchen entlang schlenderten, in der Gelateria neben der Gemeinde einen Eisbecher genossen oder an der Brücke über dem Fluss standen und dem Lauf des Wassers in der Tiefe zusahen. Ein Schild wies nach unten zum Fluss und Simon klärte Julia auf, dass sie hier die älteste noch funktionierende Wassermühle der Toskana besichtigen konnten.

Auf einem Felsen hatte man die Mühle errichtet, durch die die Strudel des Wassers flossen. Die Holztür zur Mühle stand offen, daneben ein Schild mit einer Telefonnummer, damit man sich die Mühle von den Besitzern aufsperren lassen konnte, sollte sie verschlossen sein.

Der Müller war ein alter Mann von über achtzig, aber in seinem weißen Müller-kittel und der -mütze erklärte er mit fester Stimme, wie das Wasser die riesigen Mühlsteine bewegt, die dann verschiedene Getreidesorten zermalmen. Julia war gerührt von der Ernsthaftigkeit, mit der der alte Mann jeden Handgriff ausführ-te. Er kannte jeden Millimeter, jede Bewegung des Mechanismus und wusste je-des Geräusch zu deuten. Sein Enkel half ihm bei den verschiedenen Tätigkeiten und erzählte, dass hier auch Kastanien zu Mehl verarbeitet wurden.

Kastanien waren über viele Jahrhunderte ein wichtiges Grundnahrungsmittel des Pratomagno und die Kastanienwälder wurden gepflegt und gedüngt, denn geröstete „*marroni*" waren ein willkommener Kalorienspender. Aus dem dunk-len Kastanienmehl wurden Kuchen und *Polenta* hergestellt. Julia hatte den fla-chen Kuchen *Castagnaccio* mit Pinienkernen einmal probiert. Er schmeckte ungewöhnlich, wenig gezuckert und mit leichtem Rosmarinaroma. Sie konnte sich vorstellen, dass dies in kargen Zeiten eine Köstlichkeit war.

Während Simon fasziniert war von den technischen Abläufen und den Müller mit Fragen überhäufte, trat Julia vor die Mühle und sah hinunter in die Schlucht, wo das Wasser des Ciuffenna im Laufe von Jahrtausenden tiefe Rillen in den Fels gefräst hatte. Wasser war im Pratomagno genug und in ausgezeichneter Qualität vorhanden. Heute plätscherte der Bach fröhlich, aber Julia stellte sich vor, wie er nach einem heftigen Gewitter zu einem tosenden Strom anschwellen konnte. Sie verfolgte den Lauf des Wassers bergabwärts und sah eine hübsche Eselsbrücke den Fluss überqueren, mit runden Stützbogen und spitz zulaufen-den Seiten, die sich in der Mitte trafen.

Sie kehrten auf die Piazza zurück und entdeckten im Erdgeschoss des Rat-hauses das Museum des in Loro Ciuffenna geborenen Künstlers Venturino Venturi. Um einen Innenhof gruppierte sich die permanente Ausstellung von annähernd hundert Werken. Hier sah Julia die ganze Bandbreite der Kunst Ven-turis, von abstrakten Zeichnungen bis hin zu charakteristischen Skulpturen mit archaischen runden Gesichtern, die Julia lebhaft an die vom Wasser abgerunde-ten Felsen unten am Fluss erinnerten. Während Simon die rigorosen abstrak-ten Zeichnungen gefielen, war Julia besonders von den naiven Skulpturen des Künstlers angetan. Sie sah in ihnen den Ausdruck seiner engen Verbindung zur Landschaft, die sie zuvor schon in den reduzierten Gesten des Müllers und in den schwieligen, rissigen Händen der Winzer bemerkt hatte.

VIA SETTEPONTI: DIE ENTDECKUNG AMERIKAS

Gropina, die vielleicht schönste romanische Kirche des Tals, sahen sie wenige Minuten später im Vorbeifahren linker Hand oberhalb der Straße auf einem Hügel. Ab hier fiel die dem Tal zugewandte Seite sanfter ab und es gab mehr Platz für eine ausgedehnte Bewirtschaftung. Vor allem die Weinberge nahmen zu, kräftig leuchtete das Grün der Blätter und die Trauben reiften jeden Tag mehr. Der Sommer war heiß und es hatte wenig geregnet, ideale Bedingungen für die Trauben, die viel Zucker entwickeln würden.

In den Hügeln Arezzos wurde wie im Gebiet des Chianti Classico zu ihrer Rechten, über dem jetzt die Sonne niedersank, hauptsächlich Chiantiwein aus 80-100% Sangiovese-Trauben hergestellt. Dem Chiantiwein konnten in kleinen Mengen andere Trauben, wie Merlot, Cabernet, Malvasia oder Syrah beigegeben werden.

Julias Eltern, die sich beide für den Weinbau interessierten und gerne neue Weine probierten, hatten ihr erzählt, dass Cosimo III de' Medici bereits 1716 verfügt hatte, dass Chiantiwein außer im Gebiet des Chianti Classico auch in der Gegend von Carmignano, Pomino und eben dem Valdarno produziert werden konnte.

Sie fuhren durch San Giustino und sahen an einem Verkehrskreisel die Abzweigung nach rechts Richtung „Il Borro", einen Landsitz, der angefangen bei den Medici und Hohenlohe-Waldenburg, bis hin zur Familie der Savoyen eine ganze Reihe illustrer Besitzer aufzuweisen hatte. Die aktuellen Eigentümer, Inhaber eines weltbekannten Modehauses, hatten den Landsitz aufwändig renoviert und die Weinproduktion intensiviert. Julias Eltern waren in der Tat sehr angetan von den Weinen des Borro, insbesondere vom Etikett „Polissena". Simon und Julia machten jedoch keinen Abstecher zu dem kleinen Weiler, sondern fuhren weiter auf der Via Setteponti.

Am Kopf der Weinbergreihen am Straßenrand wurde immer wieder ein Rosenstock gepflanzt, was nicht nur schön aussah, sondern auch einen praktischen Nutzen hatte, denn die Rosen waren eine Art Spion für die Gesundheit der Reben ringsum. Wurden die Rosen von bestimmten Schädlingen oder Pilzen befallen, war es wahrscheinlich, dass die Weinstöcke daneben ebenfalls bald darunter leiden würden.

Wenige Kurven hinter San Giustino führte eine Abzweigung links hoch in die

Berge und nach Talla ins benachbarte Casentinotal, das in der heutigen Zeit von den Hauptverkehrswegen auf der Nord-Süd-Achse zwischen Florenz und Rom abgeschnitten ist und sich deshalb seine naturnahe Charakteristik bewahrt hat. Doch der Casentino war nicht immer isoliert. Im Mittelalter verlief hier eine von Norden viel frequentierte Pilgerstraße, die nicht umsonst „Via Teutonica" genannt wurde.

Julia hatte während des Studiums von diesem Tal gehört, als sie sich mit Dante Alighieris „Göttlicher Komödie" befasste. In der Ebene von Campaldino hatte gegen Ende des 13. Jahrhunderts die Entscheidungsschlacht zwischen den papstfreundlichen Guelfen und den kaisertreuen Ghibellinen stattgefunden, an der auch der Poet teilgenommen hatte. Im Grunde war es eine Auseinandersetzung zwischen dem guelfischen Florenz und dem ghibellinischen Arezzo um die Vorherrschaft in der Toskana.

Ursprünglich sollte der Kampf im Valdarno ausgetragen werden, aber die Florentiner änderten überraschend ihre Taktik und entschlossen sich, ein hohes Risiko einzugehen, den schwer zugänglichen Consuma-Pass zu überqueren und die Aretiner im Casentinotal herauszufordern. Am linken Arnoufer zwischen Poppi und Pratovecchio in der Nähe des Konvents Certomondo trafen die beiden Heere an einem heißen Junitag 1289 aufeinander. Nach erbitterter Schlacht gingen schließlich die florentiner Guelfen als Sieger hervor. Der Aufstieg von Florenz zur wichtigsten Macht in der Toskana war nicht mehr aufzuhalten.

Der Feldherr, dem die Florentiner den Sieg zu verdanken hatten, war ein französischer „Condottiere" namens Aimeric de Narbonne. Seine Taten gingen als Legenden von Mund zu Mund und der ins Italienische übertragene Vorname Amerigo wurde in den folgenden Jahrhunderten ein populärer Jungenname. Es war dann der florentiner Entdecker und Kartograph Amerigo Vespucci - dessen Mutter aus Montevarchi im Valdarno stammte - der als einer der ersten 1501 das von Kolumbus entdeckte neue Land im Westen erforschte und vermaß und die glückliche Intuition hatte, dass es sich hier nicht etwa um Indien, sondern um einen neuen Kontinent handelte. Im Jahre 1507 nahm der deutsche Kartograph Martin Waldseemüller einen Vorschlag seines Mitarbeiters Matthias Ringmann auf und bezeichnete auf einer Weltkarte den neuen Kontinent zu Ehren Amerigo Vespuccis als „Amerika".

Langsam begann die Sonne zu sinken. Nach einer langen geraden Strecke erreichten Simon und Julia einen Punkt, von dem aus die Straße in einem Knick nach links den Hügel hinunter führte und einen großartigen Blick auf das Örtchen Castiglion Fibocchi und in der Ferne Arezzo freigab.

Rechter Hand passierten sie einige Weingüter mit vielversprechenden Namen, wo es Julia gefallen hätte, eine Pause einzulegen. Aber Simon hatte anderes vor, ließ auch Castiglion Fibocchi auf dem Hügel links liegen und bog kurz hinter der Ortschaft in einen Feldweg ein. Fast hätte Julia das unauffällige hölzerne Hinweisschild übersehen und nach einer geraden, von Zypressen gesäumten Straße gelangten sie schließlich an die Einfahrt einer Fattoria. Simon stellte die Vespa ab und bat Julia, einen Augenblick zu warten, er komme gleich zurück.

In der Zwischenzeit sah Julia sich auf dem Hof um. An umsichtig restaurierten steinernen Häusern rankte sich Efeu empor. Hühner liefen frei zwischen Touristen und beschürzten Mitarbeitern herum und pickten Brotkrumen, die von den Vespertischen gefallen waren. Ein Pfau stolzierte unbeeindruckt von den Touristen über den Hof. Wie idyllisch, dachte Julia noch, da kam Simon schon zurück, drückte Julia eine Stofftasche in die Hand und sagte: *„Die musst du bitte halten, sie hat keinen Platz mehr unter dem Sitz. Aber wir sind gleich am Ziel."*

Sie nahmen eine Straße direkt vor der Fattoria in Richtung Arezzo, die zuerst die beschauliche Ortschaft Meliciano durchquerte und gleich danach tauchte der Ort Ponte Buriano auf. Linker Hand reihten sich die steinernen Häuser wie ein Spalier und rechts floss der ruhige Strom des Arno, der sich an dieser Stelle verbreiterte, da weiter hinten bei Penna ein Damm das Wasser staute. Das Ufer zum Arno fiel an dieser Stelle sanft ab und da der Fluss im Augenblick wenig Wasser führte, erstreckte sich eine weite Wiese bis hin zum Flussufer.

Von der **Brücke Ponte a Buriano** im gleichnamigen Ort heißt es, sie sei **von Leonardo da Vinci rechts im Hintergrund der Mona Lisa** abgebildet worden. Die romanische Brücke aus dem 13. Jahrhundert hat neben dem Ponte Vecchio in Florenz und Ponte Bruscheto bei Incisa als einzige den Zweiten Weltkrieg unbeschadet überstanden.

Bei Ponte Buriano hatte man einen antiken Brennofen aus dem 3. bis 1. Jahrhundert vor Christus gefunden. Zu sehen sind einzelne Stücke in der **Archäologischen Sammlung des Paläontologischen Museums, Via Poggio Bracciolini 40, Montevarchi.**

Öffnungszeiten: von Juni bis August Donnerstag 10-19 Uhr und Freitag bis Sonntag 10-13 und 16-19 Uhr, andere Monate Donnerstag bis Sonntag 10-13 und 15-18 Uhr.

Eintritt: Erwachsene € 6,00 pro Person, von 6 bis 18 Jahre € 3,00, bis 6 Jahre Eintritt frei, Familienticket € 12,00.

VIA SETTEPONTI: DAS GEHEIMNIS DER MONA LISA

Nachdem sie die Vespa abgestellt hatten, nahmen sie eine Decke, die Simon im Sitz verstaut hatte. Julia trug die Tasche mit den Leckereien und sie suchten sich in der Nähe des Flusses einen Platz auf der Wiese, wo sie picknicken konnten.

Die Temperatur war jetzt ideal. Sie breiteten die Decke im Gras aus und ließen sich nieder mit Blick auf die Brücke, die sich im niedrigen Wasser spiegelte. Das Bauwerk aus dem 13. Jahrhundert mit seinen sechs steinernen Bögen stellt auf dieser Talseite die einzige Verbindung zwischen dem Valdarno und Arezzo dar.

Während sie einen Laib toskanischen ungesalzenen Brotes, Schinken und Käse, sowie Pappbecher und eine Flasche Rotwein von der Fattoria auspackten und die Papiertüten als Teller verwendeten, fing Simon an, über die Annahme zu spekulieren, dass genau diese Brücke rechts im Hintergrund von Leonardo da Vincis Mona Lisa abgebildet sei.

Wie die alten Römer lagen sie bequem auf die Ellbogen gestützt und betrachteten die trotz ihrer massiven Bauweise anmutig wirkende Konstruktion. Julia versuchte sich das Gemälde ins Gedächtnis zu rufen, das sie vor Jahren im Louvre gesehen hatte. Damals hatte allerdings ihre Aufmerksamkeit dem geheimnisvollen Lächeln der Mona Lisa gegolten, das sie wie alle anderen Betrachter zu entschlüsseln versuchte und kaum dem Hintergrund des Gemäldes.

Simon war von der Theorie überzeugt, dass dies da Vincis Vorlage sei. Schließlich habe der Maler hier den Flusslauf des Arno und die Gegend des nahen Chianatals studiert und auch eine Zeichnung der Brücke angefertigt, die sich in der Sammlung des englischen Königshauses in Windsor befindet. Außer der Brücke waren auf der Mona Lisa im Hintergrund auch deutlich die Balze zu sehen. Der Valdarno hatte Leonardo da Vinci offenbar nachhaltig beeindruckt.

Simon ließ sich auf den Rücken fallen, sah zu Julia und neckte sie: *„Jetzt lächelst du genauso geheimnisvoll wie die Gioconda. Was für eine Ähnlichkeit!"* Er verwendete dabei den Namen, den die Italiener für die Mona Lisa benutzten. *„Ihr könntet Schwestern sein. Mit dem Unterschied, dass die Mona Lisa nicht auf einer Hälfte gegrillt ist."*

Julia schaute an sich herunter und schob die Ärmel des T-Shirts nach oben: tatsächlich, sie hatte viel Sonne abbekommen, und nachdem die Sonne sie immer auf der rechten Seite begleitet hatte, spürte sie auf dieser Seite an Arm und Nacken gehörig den Sonnenbrand. *„Das wird nicht der einzige Unterschied zwischen uns sein"*, meinte sie flapsig, legte sich ebenfalls auf den Rücken und lauschte dem sanften Rauschen des trockenen Schilfrohrs am Ufer.

Simon wandte seinen Kopf zu Julia und flüsterte ihr mit dem ihm eigenen ironischen Unterton zu:

> *Quant'è bella giovinezza,*
> *che si fugge tuttavia!*
> *Chi vuol esser lieto, sia:*
> *di doman non v'è certezza.*

> Wie schön ist doch die Jugend,
> die so schnell verfliegt!
> Wer glücklich sein will, sei es:
> denn die Zukunft ist ungewiss.

Während er das bekannte Gedicht des „Prächtigen" Lorenzo de' Medici aus den „Karnevalsliedern" zitierte, pflückte er beiläufig einen langen Grashalm und strich ihn sacht über die Innenseite von Julias Arm. Sie wandte ihm lächelnd den Kopf zu, sah in seine von langen, dichten Wimpern beschatteten Augen und fragte sich, was eigentlich dagegen sprach, Simon in diesem Augenblick zu küssen.

Das **Museum der Basilika** liegt zwischen der Kirche San Lorenzo und der Basilika Santa Maria delle Grazie um die Ecke des Cassero an der zentralen **Piazza Masaccio 8, San Giovanni Valdarno**.

Neben Werken von Künstlern, wie „Lo Scheggia" oder Mariotto di Cristofano - der eine Bruder, der andere Schwager Masaccios - ist hier eine besonders anmutige **„Mariä Verkündigung" von Guido di Pietro, bekannt als Beato Angelico** (ca. 1395 – 1455) zu besichtigen.

Öffnungszeiten: Während der Sommerzeit von Mittwoch bis Sonntag 10-13 und 14.30-18.30 Uhr, in der Winterzeit von 15.30-18.30 Uhr geöffnet. Montag und Dienstag geschlossen.

Eintritt: Erwachsene € 3,50 pro Person, Kinder und Jugendliche von 6-18 Jahren € 1,00, Kinder unter 6 Jahren gratis.

DAS MUSEUM DER BASILIKA

Als Julia erwachte, war die Sonne im Begriff aufzugehen. Durch die nur halb geschlossenen Fensterläden sah sie, wie der warme gelbe Schein des Tages langsam zunahm und das Dunkel der Nacht verdrängte. Ein frischer morgendlicher Windhauch wehte durch die geöffnete Balkontür und sie lauschte dem fröhlichen Zwitschern der Vögel, die zusammen mit dem Tag erwachten.

Wie schnell die Zeit verflog. Die ersten Tage nach ihrer Ankunft waren ihr lang erschienen, denn sie musste sich auf den neuen Tagesablauf und die Gewohnheiten der Gastfamilie einstellen und so nahm sie jedes Detail aufmerksam wahr. Doch kaum hatte sie sich in den Rhythmus der Umgebung eingefunden, begann die Zeit zu rasen. Der Ausflug entlang der Via Setteponti kam ihr vor wie ein Traum. Schon war die Hälfte ihres Italienaufenthaltes vorüber und ab jetzt würde das Zeitrad sich wie beim Roulette immer schneller drehen.

Sie hatte eine großartige Zeit gestern zusammen mit Simon verbracht. Er war gebildet, wissbegierig und hatte einen feinen englischen Sinn für Ironie, die zwar stichelte, aber nie bösartig war. Nach dem zu urteilen, wie sie Simon in den vergangenen Tagen erlebt hatte, schätzte Julia allerdings, dass Simon in Herzensangelegenheiten eher in seichten Gewässern schwamm und keine ernsthaften Interessen hatte, sondern einfach eine gute Zeit haben und sich austoben wollte, bevor die eisernen Tore der gesellschaftlichen Regeln endgültig hinter ihm zufallen würden.

Denn Simon hatte ihr erzählt, dass er nach seinem Italienaufenthalt eine Arbeit in einer renommierten Londoner Kanzlei aufnehmen würde. Zurück in England würde vermutlich wenig Platz für Neugier, Poesie und Kunst bleiben, denn der Arbeitsalltag als junger Anwalt, der sich bewähren musste, würde alle seine Kräfte in Anspruch nehmen. Italien war gewissermaßen die letzte Party vor der streng vorgezeichneten Karriere, den Anforderungen seiner gesellschaftlichen Klasse und den Erwartungen seines Vaters.

Intuitiv fürchtete Julia ein Déjà-vu dessen, was sie gerade erst mit Johannes durchlebt hatte, der die Aussicht auf beruflichen Erfolg vor seine Gefühle gesetzt und sie abserviert hatte. Sie beschloss deshalb, bei Simon auf die Bremse zu treten und den heutigen Nachmittag alleine zu verbringen.

Simon war einen Augenblick irritiert, als sie ihm sagte, dass sie nach dem Unterricht anderes vorhabe, als mit ihm etwas zu unternehmen und seine Augen flackerten, da er nicht wusste, ob er sie anschauen sollte oder nicht. Dann strich er sich eine Locke aus der Stirn und verzog den Mund zu einem schiefen Lächeln: „*Okay Principessa, geht klar*". Im Laufe des Vormittags machte er seine Witze wie die anderen Tage. Nur Julia merkte, dass er ab und zu einen fragenden Blick in ihre Richtung warf.

Heute hatte die Sprachschule wieder einen Ausflug geplant. Am späten Vormittag gingen sie die paar Meter zum Museum der Basilika, das sich um die Ecke des Museums der „Terre Nuove" auf der Piazza Masaccio befand. Das bekannteste Gemälde des Museums war eine „Mariä Verkündigung" von Beato Angelico. Der Ordensbruder, der von Papst Johannes Paul II. als Schutzpatron der christlichen Maler selig gesprochen wurde, war nur wenige Jahre älter als Masaccio und obwohl er in Stil und Themen der konventionellen künstlerischen Linie seiner Zeit verbunden blieb, näherte er sich mit den Jahren doch dem wagemutigeren Masaccio an und übernahm viele seiner Neuerungen was die Perspektive anging. Wie praktisch, fand Julia, dass sie die Gelegenheit hatte, ein Gemälde des Beato Angelico aus der Nähe zu betrachten. Eine andere Interpretation des Künstlers zum gleichen Thema fand sich im Prado-Museum von Madrid, da war der Weg ungleich weiter.

Die ersten drei Säle waren florentiner Künstlern gewidmet, darunter dem Bruder Masaccios, Giovanni da Ser Giovanni, den sie „Splitter" nannten und dessen Fresken auch in der Abtei in Castelfranco zu finden waren. Im vierten Saal hing dann die „Verkündigung".

Als Julia das Gemälde begutachtete, das nur einige Jahre später als das Triptychon von San Giovenale entstanden war, fielen ihr die Bemühungen des Malers im Hinblick auf die Anwendung der Perspektive auf, die leuchtenden Farbakzente der Figuren und die Sanftheit der Maria und des Engels. In dem Gemälde meinte sie den Charakter des Beato Angelico zu erkennen, der von Giorgio Vasari in den „Künstlerleben" als besonders milde, nachsichtig und demütig beschrieben wurde.

Noch etwas anderes aber fiel ihr ins Auge: auf dem Bild wurde der Garten im Hintergrund als Sinnbild der Jungfräulichkeit Mariens noch als „hortus conclusus", als geschützter mittelalterlicher Raum dargestellt. Wie die Gärten in Klöstern, in denen Mönche Heilpflanzen und Gemüse anbauten, war hier die Natur ein gezähmter Ort, der keine Überraschung barg.

In diesem Moment hatte Julia eine Idee, was sie am Nachmittag unternehmen könnte: sie würde mit der Vespa in die Hügel zu dem Turmhaus über Pian di Scò fahren, das sich aus keinem besonderen Grund immer wieder in ihre Gedanken stahl und einen Spaziergang in der Natur unternehmen.

„Sehen wir uns heute Abend?" fragte Simon wie beiläufig im Hinausgehen. *„Vielleicht"*, gab Julia zur Antwort, bemüht, nicht zu reserviert zu klingen. *„Ich gebe dir Bescheid."*

DAS TURMHAUS VON MENZANO UND DER PFIRSICH ELBERTA

Als Julia mittags gegen halb zwei nach Hause kam, war Marta gerade dabei, die *Pasta asciutta* über dem Ausguss abzuseihen und die *Penne Tricolore* in den Farben der italienischen Flagge mit Tomaten- und Mozzarellastücken sowie Basilikumblättern und ein paar Pinienkernen zu garnieren.

Sie unterhielten sich über Belangloses und Julia erzählte Marta, sie wolle ein bisschen in die Hügel fahren, zu einem Haus mit Turm. *„Ah, du meinst den Turm von Menzano über Pian di Scò"*, erwiderte Marta, als sie begriffen hatte, von welchem Haus Julia sprach. *„Dort gibt es nichts Besonderes, er fällt ins Auge, ist aber nicht mal besonders alt. Bist du sicher, dass du nicht woanders hinfahren willst? Du warst noch gar nicht in Figline oder Montevarchi. Dort gäbe es viel mehr zu sehen. Die Piazza von Figline ist hübsch und in Montevarchi war heute Vormittag Markt. Donnerstags ist immer ordentlich was los in der Stadt. Du könntest ins Paläolontologische Museum gehen."*

Julia überlegte, ob es nicht besser wäre, dem Rat Martas zu folgen. Es gab noch so vieles, was sie anschauen konnte. Aber ein unbestimmtes Gefühl setzte sich dickköpfig durch und entschied sich für den ursprünglichen Plan.

Während des Essens erhielt Marta von Marcello einen Anruf auf dem Handy. Nach wenigen Worten legte sie die Stirn in besorgte Falten. Schließlich sagte sie mit leiser Stimme, als ob sie Angst hätte, jemand würde mithören: *„Das Kartenhaus wird bald zusammenbrechen. Lass dich in nichts hineinziehen"* und beendete dann das Gespräch.

Julia warf einen fragenden Blick in Martas Richtung, die einen Moment zögerte, dann aber doch befand, dass man Julia in die Sache einweihen könne. Die Vorgesetzten der Bank übten Druck auf Marcello aus, damit er seinen Kunden nachrangige Schuldverschreibungen verkaufte. Doch Marcello, der um die Risiken der Anleihen wusste, weigerte sich, den einfachen Leuten faule Eier anzudrehen.

Die Italiener waren es gewohnt zu sparen und Kleinbauern und Handwerker brachten die mühsam erwirtschafteten Ersparnisse zu ihm, um sie sicher anzulegen. Nun spitzte sich die desolate finanzielle Situation der Bank, die durch Vergabe leichtfertiger Kredite ausgelöst worden war, dramatisch zu. Seit Wochen munkelte man, dass die Aufsichtsbehörde die Führungsriege austauschen wolle. *„Wir fühlen uns wie gegen Ende des Weltkriegs. Man weiß, die Alliierten rücken* *vor, aber man weiß nicht, wann es vorbei ist. Und in der Zwischenzeit bekommt Marcello von der Direktion Repressalien zu spüren, weil er das schmutzige Spiel von Anfang an nicht mitgespielt hat."* Marta klang ehrlich besorgt. *„Aber dann wird doch bald alles gut"*, meinte demgegenüber Julia. *„Wenn die Leitung der Bank ausgetauscht wird, hat Marcello doch nichts mehr zu befürchten?"*

„Da bin ich mir nicht so sicher", meinte Marta trocken, *„alles ändert sich, damit alles gleich bleibt, heißt es hier. Es geht nicht darum, ein gutes Ergebnis für die Bank zu erzielen, sondern darum persönliche Interessen durchzusetzen. Wer ganz sicher verliert, sind die Anleger."* Julia verstand die Besorgnis und die Resignation Martas nicht wirklich. Für sie war klar, dass ein neues Kapitel aufgeschlagen werden könnte, wenn die Verantwortlichen aus dem Verkehr gezogen würden.

Wo lag der Unterschied zu der Zeit Masaccios? War die Renaissance frei von Korruption und Klientelismus? Sicher nicht. Was vielleicht beim Erwachen der Renaissance anders war als heute, war das Gefühl, „Fortuna", das Schicksal, besiegen und ein selbstbestimmtes Leben führen zu können. Es war eben plötzlich nicht mehr alles vorherbestimmt, sondern mit dem Aufkommen des Humanismus entstand die Hoffnung, man könne seine potenziellen Talente entwickeln und seinem Leben eine andere Richtung geben.

Diese Hoffnung und ein neu erwachtes Selbstbewusstsein fachten auch eine andere Dynamik an, nämlich das Streben nach Exzellenz. Auftraggeber und Mäzene wie die Medicifamilie engagierten und förderten die besten Künstler ungeachtet deren Alters. Als Masaccio die Fresken der Brancacci-Kapelle malte, war er gerade 24 Jahre alt. Wo würde man heute einem so jungen Künstler eine so bedeutende Arbeit anvertrauen?

Julia ließ sich mit den Vorbereitungen zum Aufbruch Zeit, denn draußen stand die Sonne noch hoch am wolkenlosen Himmel, der sich in den vergangenen Tagen nur gegen Abend, wenn die Hitze des Tages aufstieg, mit einem feinen Dunstschleier überzog.

Als der Nachmittag bereits fortgeschritten war, brach sie auf und nahm den gleichen Weg wie gestern mit Simon. Nach dem Tal kam der Anstieg nach Castelfranco. Sie umfuhr das antike Zentrum mit seiner Stadtmauer und bog bei der Badia a Soffena diesmal links auf die Via Setteponti ab.

Sie fuhr an gepflegten Olivenhainen vorbei. Die meisten Pflanzen hatten drei oder vier Stämme, die sich in der Krone zu einer Pflanze vereinten. Das ganze Gebiet war im eisigen Winter 1985 schwer geschädigt worden, als tagelang Temperaturen von bis zu minus 15 Grad die Jahrhunderte alten Olivenbäume erfrieren ließen. Kaum ein Baum auf 300 Höhenmeter hatte diese Kälteperiode überlebt, so dass die Hauptstämme der Olivenbäume gefällt werden mussten und seitlich neue Triebe hochgezogen wurden.

Sie erreichte Pian di Scò und folgte der Straße, die am Ortsende eine Rechtskurve hin zur romanischen Kirche machte und den Ort dann Richtung Reggello verließ, überquerte eine Brücke und in der nächsten Kurve folgte sie dem Hinweisschild rechts nach Menzano.

Der Anstieg begann. Gleich am Anfang lag rechter Hand eine große Fattoria, die von den ausladenden Kronen hochgewachsener Mittelmeerkiefern beschattet wurde. Julia drehte am Gas und die Vespa röhrte angestrengt. In Serpentinen ging es nach dem kleinen Weiler Casabiondo mit seiner hübschen Barockkapelle aufwärts – rechts, links, rechts, links. Die Vespa brüllte jetzt geradezu. Julia sah hinunter auf das malerische Tal, das in der flirrenden Hitze zu einem Eindruck von Grünschattierungen verschwamm. Ihr Blick suchte dann hangwärts das Turmhaus. Die geteerte Straße wies immer mehr Schlaglöcher auf. *„Nur noch ein kleines Stück, wir haben es gleich geschafft"*, redete sie der Vespa gut zu, als ob das Fahrzeug Julia verstehen könnte.

Offensichtlich war dies nicht der Fall, denn kurz vor einer Kurve verebbte das Motorengeräusch mit einem kurzen Hüsteln. Julia versuchte, den Motor wieder in Gang zu bringen, aber vergeblich. Die Benzinanzeige zeigte beharrlich auf unter Null. *„Mist!"*, entfuhr es ihr und sie sah sich schon zu Fuß ins Dorf zurückmarschieren. Sie schob die Vespa an den Straßenrand, nahm den Helm ab, denn ihr war die Hitze ins Gesicht gestiegen und überlegte, was zu tun sei.

Sie befand sich an einer Gabelung und sah, dass weiter vorne zwei oder drei für die Gegend typische unverputzte ländliche Steinhäuser standen und beschloss zu erkunden, ob vielleicht jemand zuhause war, der sie zur nächsten Tankstelle bringen konnte.

Nach wenigen Metern auf dem ungeteerten Weg glichen ihre Turnschuhe sich dem staubigen Weiß des Bodens an. Die Bergseite des Weges bestand aus einer Trockensteinmauer, im Italienischen „muro a secco" genannt, weil sie ohne Mörtel nur von den Steinen gehalten wird. Die Mauer wölbte sich an vielen Stellen bauchig und drohte einzustürzen, während sich Eidechsen auf den Mauersteinen sonnten. Auf der anderen Seite des Wegs fiel das Terrain in Terrassen gegen das Tal ab. Oliven- und Obstbäume bestimmten das Bild, durchbrochen hier und da von Gemüsegärtchen.

Julia kam an zwei steinernen Häusern vorbei und spähte in die Gärten, konnte aber niemanden entdecken. Eine fast fünfzig Zentimeter lange Schlange glitt vor ihren Füßen die Grasnarbe entlang und verschwand dann in einem Mauerspalt. Julia hoffte, dass es eine Blindschleiche und keine Viper war und der Vorfall entmutigte sie noch mehr. Die Straße machte jetzt eine Kurve und Julia beschloss umzukehren, falls dahinter kein weiteres Haus auftauchte, das bewohnt schien.

Wie ein Tunnel spendeten hinter der Kurve rechts und links Eichen- und Kastanienbäume Schatten. Der Weg schien ins Nichts zu führen und Julia war bereits im Begriff umzukehren, als sie in einiger Entfernung jemanden leise eine ihr unbekannte Melodie pfeifen hörte.

Sie ging weiter und blickte zwischen die Zweige hinunter auf die mit Obstbäumen durchsetzten Terrassen, wo direkt am Weg ein steinernes Häuschen, eigentlich eher eine Hütte stand. Auf Höhe des Wegs befand sich ein Eingang mit alter Holztür, vor die eine moderne Glastür montiert worden war, um sie vor den Unbilden des Wetters zu schützen. An der Außenmauer des Häuschens führten links steinerne Stufen hinab zum Untergeschoss. Dem Häuschen mit Blick zum Tal war eine Veranda mit hölzernen Planken vorgebaut. Die ursprüngliche Bestimmung war wahrscheinlich einmal die eines Dörrhauses zum Trocknen von Kastanien gewesen.

Das Pfeifen kam von unten, hinter der Veranda. Vorsichtig ging Julia Stufe um Stufe hinab und tastete sich dabei mit der rechten Hand an der von der Sonne aufgeheizten Mauer vorwärts. Als sie auf der Veranda stand, sah sie in einigen Metern Entfernung im Schatten des Häuschens einen Mann, der mit dem Rücken zu ihr stand und sich anschickte, auf einem Pflock mit der Axt ein Stück Holz zu spalten. Er war lediglich mit einer Camouflagehose bekleidet und sein entblößter braungebrannter Rücken glänzte von Schweiß in der Spätnachmittagssonne. Julia sah, wie die einzelnen Muskelstränge sich kontrahierten, als er die Axt hob.

„*Scusi*", entschuldigte sie sich zaghaft und die Axt traf am Holz vorbei und sank tief in den Pflock ein. Der Mann drehte sich mit einem Ruck zu ihr um. Er mochte vielleicht Mitte dreißig sein, an den Schläfen war die eine oder andere graue Strähne in dem sonst dichten schwarzen Haar zu erkennen und erste Fältchen zeichneten sich um die Augen ab. Dem schmalen, harmonischen Gesicht war anzusehen, dass es oft der Sonne und dem Wind ausgesetzt war. Im Mundwinkel hing locker eine Zigarette und drohte herunterzufallen.

Julia hatte den Eindruck, dass sie störte und beeilte sich, den Grund ihrer Anwesenheit zu erklären: *„Entschuldigen Sie, ich hatte eine Panne mit meinem Mofa und suche jemanden, der mich zu einer Tankstelle bringen könnte."*

Das Gesicht des Mannes entspannte sich und mit zwei Fingern nahm er die Zigarette aus dem Mund, schnippte sie in den Sand und trat sie mit dem Schuh aus, während seine dunklen Augen sie aufmerksam betrachteten. *„Kein Problem, Signorina, was ist denn passiert?"*

Er trat zur Veranda, zog sich ein T-Shirt über, das dort auf einem Stuhl lag, und hörte sich Julias Bericht an. Dann fragte er, ob sie Benzin oder Diesel tankte und Julia erinnerte sich, was Marcello ihr gesagt hatte. *„Benzin"*, antwortete sie. Auf dem Gesicht des Mannes erschien ein Lächeln, wobei er eine Seite des Mundes mehr verzog, so dass es ein bisschen schüchtern wirkte, als er erwiderte: *„Ich habe einen Vorrat Benzin für meinen Traktor hier."*

Der Mann, der genauso groß war wie sie, streckte Julia seine Hand entgegen, die er sich zuvor an einem Lappen abgewischt hatte und sagte: *„Piacere, Marco."* Julia reichte ihm ihre Hand. Sein Händedruck war kräftig, sie spürte die Schwielen seiner Finger und erwiderte die italienische Begrüßungsformel: *„Piacere mio, Giulia".* Was Julia sofort an Marco auffiel, war seine Präsenz, in diesem Moment, an diesem Ort. Es gab Leute, die waren eins mit ihrer Umgebung und strahlten dies aus.

Da hörte Julia in einiger Entfernung ein Schnauben und sah, dass sich ein paar Terrassen weiter unten Pferde in einem Gatter neben einem hölzernen Stall befanden. Sie schlugen mit ihrem Schweif, um die Bremsen zu verscheuchen.

„Magst du Pferde?" Ohne ihre Antwort abzuwarten war Marco schon aus dem schattigen Eck der Veranda getreten und schritt in Richtung der Tiere. Julia folgte ihm. Mochte sie Pferde? fragte sie sich. Jein. Wie wahrscheinlich jedes Mädchen hatte es Zeiten gegeben, da wäre sie am liebsten als Amazone über Wiesen galoppiert, ab und zu war sie mit Freundinnen zu Reitstunden gegangen und hielt sich leidlich im Sattel. Als sie einmal, nachdem das Pferd sich erschreckt hatte, abgeworfen wurde – wobei sie sich abgesehen von einigen

blauen Flecken nicht verletzt hatte – war ihre Leidenschaft jedoch merklich abgekühlt.

Auf dem Weg zum Pferdegatter blieb Marco stehen, griff nach der Frucht eines jungen Baumes, pflückte einen Pfirsich, drehte ihn in der Hand und teilte schließlich mit einer entschiedenen Bewegung beider Hände die mandelförmige Frucht in zwei Teile. Das Fruchtfleisch löste sich mühelos vom Kern und er reichte eine Hälfte Julia: *„Probier ihn. Das ist der Pfirsich Elberta, eine Züchtung, die es nur hier im Tal gibt. Er ist zu delikat, um ihn weit zu transportieren, denn er bekommt sofort Flecken."* Die gelbe Frucht schmeckte saftig und intensiv.

An der barocken Kapelle von **Casabiondo bei Pian di Scò** vorbei führt eine asphaltierte Straße rechts den Berg hoch. Nach einigen Kehren zweigt bei einem
roten Kreuz am Wegrand rechts ein ungeteerter Weg ab. Diesen Weg verfolgen
Sie, vorbei an einer schmiedeeisernen Absperrung und dann ca. 1,5 Stunden in
Schleifen bis nach Gastra, wo die Ruine eines ehemaligen Konvents steht.

Dort macht der Weg einen Knick nach links und führt vorbei an verlassenen
Häusern. Danach wird der Weg zu einem schmalen Pfad, der den benachbarten
Hügel erreicht und wiederum in eine ungeteerte Straße mündet. Sie halten sich
links und gelangen zu einem Hügel mit auffällig flacher Spitze namens **Poggio
alla Regina**, der im Mittelalter ein „Castello" der Grafen Guidi war. Der Weg
führt weiter talwärts. Halten Sie sich an der einzigen Kreuzung links und sie
gelangen nach ca. 30 Minuten wieder an den Turm von Menzano. Von hier aus
folgen sie der nun geteerten Straße zurück nach Casabiondo.

POGGIO ALLA REGINA

Als die Pferde Marco sahen, kamen sie zum Gatter. Sie waren gut gebaut und zutraulich. Das dunkelbraune Tier suchte gleich Marcos Aufmerksamkeit. Er klopfte ihm auf den Hals und strich ihm über den Kopf. Das andere Pferd war braun-weiß gescheckt, schien träger und wartete geduldig, bis es an die Reihe kam.

„Wie eilig hast du es, wegzukommen?" fragte unvermittelt Marco. *„Kannst du reiten? Die Sonne sinkt schon und ich möchte die Pferde noch ein bisschen bewegen. Wir könnten einen kleinen Ausritt machen?"* Die Frage traf Julia unvorbereitet und sie war von sich selbst überrascht, als sie sich antworten hörte: *„Ich denke, ich kann mich auf dem Pferd halten, also warum nicht?"* Es war ihr neu, dass sie handelte ohne nachzudenken. War es nicht besser, schnell nach San Giovanni zurückzukehren? Wartete dort nicht Simon, der abends mit ihr etwas unternehmen wollte?

Sie dachte den Gedanken nicht zuende und war stattdessen froh, ihre festen Turnschuhe angezogen zu haben. Während Marco zuerst die Pferde mit einer Bürste notdürftig vom Staub befreite, sie mit einem Mittel einsprühte, das die Bremsen abhalten sollte und ihnen dann Sattel und Zaumzeug anlegte, stellte er ihr Fragen: woher sie kam, was sie hier machte. In groben Linien erzählte Julia, dass sie ihr Studium beendet hatte und jetzt Sprachferien in San Giovanni machte, um ihr Italienisch zu verbessern. Ab und zu machte Marco eine Bemerkung, wie *„aha"*, *„certo"*. Sie merkte, dass er sich bemühte, einen Sinn in dem zu sehen, was sie erzählte, und dass alles sehr weit von seiner eigenen Realität entfernt war. *„Halt mal"* sagte er und gab ihr die Zügel in die Hand, während er die Hufe des Pferdes auskratzte.

Marco sprach im örtlichen Dialekt, sagte *„ichhè"* anstelle von *„che cosa"* (was) und *„indo '"* anstatt *„dove"* (wo). In jedem zweiten Satz ließ er wie in der Toskana üblich eine Verwünschung einfließen. Das Schwein war eine beliebte Komponente des Fluchs, wobei anstelle eines auf die Jungfrau gemünztes *„porca madonna"* oft eine Verballhornung wie *„porca madosca"* nur wenig verhüllte, was eigentlich gemeint war.

Sie führten beide Pferde auf den Weg oberhalb des Hauses, Marco das dunkelbraune und Julia das gescheckte. Sie hatte etwas Respekt vor dem Tier, aber es schritt brav dem anderen hinterher. Zuvor hatte Marco in der steinernen Hütte einen schwarzen Reiterhelm geholt, den er Julia gab. Er selbst hatte sich zum

Schutz gegen die Sonne eine abgewetzte, verblichene Baseballmütze aufgesetzt. Auf dem schattigen Weg bestiegen sie die Pferde – das agilere von Marco hörte auf den Namen „Fulmine" und das ruhigere gescheckte war „Stella". Julia drückte die Fersen nach unten und bemühte sich, die Unterschenkel entspannt am Pferdebauch anzulegen.

Der Weg war nicht breit genug, dass sie beide nebeneinander reiten konnten und so ritt Marco vorneweg. Julia sah auf seinen durchtrainierten Rücken und braungebrannten Hals und seine muskulösen Arme und während sie an die Stelle kamen, an der sie ihr Mofa abgestellt hatte, dachte sie mit Genugtuung, dass sie sich nie hätte träumen lassen, eine Stunde nachdem das Malheur passiert war, auf einem Pferd durch die Landschaft zu reiten. Wie seltsam das Leben doch spielte. Julia fragte sich, ob sie die Schicksalsgöttin gerade vor sich her trieb, oder ob jene sie nur an einem langen Faden führte.

„*Attenzione*", warnte Marco im Dialekt vor einem Olivenzweig, der in Augenhöhe in den Weg ragte, „*l'ulivo l'è ignorante*". Die lanzettförmigen Blätter des Olivenbaumes waren robust und scharf und, besonders wenn Zweige zurückschnellten, gefährlich für die Augen. Die Einwohner wussten, dass sie bei der jährlichen Olivenernte und beim Beschneiden der Bäume vorsichtig zu sein hatten.

Sie gelangten auf die asphaltierte Straße, die nun immer steiler anstieg und das Turmhaus kam in Sicht. „*Was hat es damit auf sich?*" fragte Julia. - „*Nichts Besonderes*", erwiderte Marco, „*das Anwesen gehörte einst einem Großgrundbesitzer, der Turm wurde zu Anfang des 20. Jahrhunderts in die Mitte des alten Bauernhauses gesetzt, damit man von dort oben überwachen konnte, dass niemand Obst und Gemüse von den Feldern stahl. Die Zeiten waren hart und es gab wenig zu essen.*" Er grinste sie an, „*aber die Leute wussten sich zu helfen.*" Dann brachte er Fulmine zum Stehen: „ *Es ist besser, wir steigen jetzt ab und führen die Pferde den steilen Hang hinauf, damit sie nicht auch noch unser Gewicht bergauf tragen müssen. Es ist nur für ein kurzes Stück.*"

Sie hatten die letzten Olivenreihen passiert und das Turmhaus erreicht. Aus der Nähe betrachtet sah das helle Haus mit den dunklen Zypressen dahinter wie ein Legospielzeug aus. Über dem Turmhaus begann ein junger Mischwald, der viel Sonnenlicht durchließ.

Sie überquerten – die Pferde vorsichtig am Zügel – eine wenige Zentimeter über dem Boden gespannte schwere eiserne Kette, die die Straße versperrte. „*Der*

Landbesitzer, dem der Berg heute gehört, wollte nicht, dass Unbefugte mit dem Auto nach Poggio alla Regina fahren", erklärte Marco.

Julia meinte zuerst aus Marcos Tonfall eine Abneigung gegen den reichen Eigentümer herauszuhören. Die Toskana war über viele Jahrhunderte von einflussreichen Familien regiert worden, während die Bauern in Halbpacht für sie das Land bewirtschafteten und die Hälfte des Ertrags an die Landbesitzer abgaben. Die „Mezzadria" wurde in Italien offiziell erst 1964 abgeschafft. *„Besser so"*, fuhr Marco fort. *„Wenigstens bleiben die Touristen den Bergen fern."* - *„Und die Touristen, die mit der Vespa am Berg hängen bleiben, sind die schlimmsten"*, stichelte Julia und Marco entgegnete mit seinem schiefen Lächeln: *„Genau."*

Der Weg war zwar steil, aber die Pferde schienen ihn aus dem Effeff zu kennen und schritten sicheren Tritts die immer noch geteerte Straße bergan. Schließlich war die Steigung geschafft und sie konnten wieder aufsitzen. *„Siehst du die Wechsel der Wildschweine?"*, Marco deutete im Vorbeireiten auf einen Trampelpfad von Hufspuren, der den Weg kreuzte. Julia war der Pfad nicht aufgefallen, aber jetzt sah sie ihn. *„Die Tiere wechseln hier bergabwärts"*, fuhr Marco mit seinen Erklärungen fort. *„Du siehst außer den beiden Hufen die beiden kleineren Afterklauen hinten."*

Der asphaltierte Weg ging wenig später über in eine „Strada bianca", einen gewöhnlichen Feldweg. Junge Wäldchen wechselten sich ab mit Lichtungen und schließlich gelangten sie in offenes Gelände. Der Bergrücken schien greifbar nah.

„Die flache Kuppe dort ist Poggio alla Regina", erklärte Marco und deutete auf den Berg vor ihnen, der die Form eines umgedrehten Blumentopfs hatte. *„Sieht aus, als hätte jemand den Gipfel gekappt, findest du nicht? Der Ort wurde schon in der Bronzezeit und von den Etruskern bewohnt."*

Marco fuhr mit seinen Erzählungen über die Jahreszeiten, die Landwirtschaft und die Natur im Allgemeinen fort und schien von Julia keine Antwort auf seine Fragen oder Kommentare zu erwarten. Sie hörte zu, denn die Themen waren ihr neu und sie fragte sich, ob Marco ihr dies alles nur erzählte, um keine Stille zwischen ihnen aufkommen zu lassen.

Stella ging ruhigen Schritts hinter Fulmine den gut begehbaren Weg entlang, an dessen Seiten Erika und Ginster wuchsen. Julia drückte im schreitenden Bewegungsrythmus des Pferdes abwechselnd rechts und links ihre Unterschenkel gegen den Bauch des Pferdes, damit es ihm nicht etwa einfiel stehenzubleiben. Sie erinnerte sich auch, die Zügel nicht zu straff oder locker zu führen, damit sie eine angemessene Verbindung zum Pferdemaul herstellte. Ab und zu warf Marco einen Blick über die Schulter, um zu sehen, wie Julia zurechtkam.

Während des gesamten Aufstiegs waren sie bis jetzt keinem einzigen Menschen begegnet, weder Einheimischen noch Touristen. Wahrscheinlich war es vielen der Ortsansässigen zu dieser Jahreszeit noch zu heiß, um sich in die Berge aufzumachen. Und die Fremden wussten nicht, wo die Wege hinführten. Julia sah sich um und schätzte sich glücklich, die Schönheit der Natur erleben zu dürfen.

Sie bogen nach rechts in einen Weg ein, der vom Nachbarort Reggello kommend in Richtung Poggio alla Regina führte und Julia bemerkte die rot-weißen Wegmarkierungen des Wandervereins CAI, die ab jetzt den Weg kennzeichneten. Marco zeigte auf eine Quelle am Wegrand, aus der ein kleines Rinnsal floss: *„Der Berg bietet alles, Wasser und Essen, schade, dass er nicht mehr gepflegt wird. Die Leute haben die Natur vergessen."* Auch auf diese Bemerkung erwartete er keine Antwort, lehnte sich einen Moment zur Seite und hielt sein Pferd an, pflückte eine Handvoll Brombeeren von einem dornigen Gestrüpp, das mannshoch neben dem Weg wuchs, und bot sie Julia an.

„Du kommst gut zurecht mit Stella. Dann können wir es jetzt ein bisschen schneller probieren?" Auch dies war eigentlich keine Frage, sondern eine Feststellung, denn kaum hatte Marco die Worte zuende gesprochen, schnalzte er kurz mit der Zunge und trieb mit einer einzigen kurzen Bewegung sein Pferd in den Trab.

In diesem Moment zeigte sich, dass Stella keinesfalls schläfrig war, denn kaum sah sie Fulmine davontraben, fiel sie ebenfalls in die schnellere Gangart, ohne dass es einer Bewegung Julias bedurft hätte. Julia war einen Moment verblüfft, dann kam die Erinnerung zurück und sie passte sich der Gangart des Pferdes an. Vor ihnen lag eine lange, gerade und beinahe ebene Strecke, die in einen Wald führte. Stella war offensichtlich begeistert von der schnelleren Geschwindigkeit, oder vielleicht war sie es einfach leid, zweite zu sein, denn als sie Fulmine näher kam fiel sie in den Galopp.

Als Stella wie ein Wirbelwind an Fulmine vorbei und weiter durch den Wald sprengte, stockte Julia nun doch der Atem. Sie versuchte die Zügel anzuziehen und sich zu erinnern, wie sie Stella bremsen konnte. Angst schoss ihr ins Herz und in den Kopf und die Momente dehnten sich zu Ewigkeiten, während rechts und links die Bäume in wildem, dunklen Wirbel vorbeiflogen und der weiche Waldboden unter den Hufen des Pferdes aufstob. Sie versuchte sich an einer Schlaufe vorn im Sattel festzuhalten, um nicht zu fallen. Die Knöchel ihrer rechten Hand, die sich fest um die Schlaufe klammerte, waren weiß vor Anstrengung.

In Wahrheit dauerte es nur einenAugenblick und Marco war neben ihr, stieß ein entschiedenes „*Hoh!*" aus und griff in ihre Zügel. Stella verlangsamte sofort die Gangart und fiel über den Trab zurück in einen gemächlichen Schritt, ganz so als wäre nichts gewesen. Marcos und Julias Blicke trafen sich und er meinte mit einem amüsierten Lächeln: „*Das war doch schon ganz gut.*" Mit diesen Worten lenkte Marco sein Pferd auf eine kreisrunde Lichtung und sagte: „*So, wir sind da*", saß ab und band Fulmine am glatten Stamm einer Buche fest.

Julia versuchte sich nicht anmerken zu lassen, dass ihr Herz immer noch heftig klopfte. Sie tat es ihm nach und dirigierte das Pferd an den Wegrand, wobei ihre Knie noch so weich waren, dass sie beim Absitzen meinte, sich nicht auf den Beinen halten zu können. Als die Pferde im Schatten versorgt waren, gingen sie einen letzten steilen Hang empor und erreichten die Bergkuppe, auf der sich Reste einer mittelalterlichen Festung befanden. Deutlich sah Julia die Grundrisse einzelner Häuser auf der großenteils baumlosen Kuppe, die einer Fläche von einem halben Fußballfeld entsprach.

Marco erzählte, dass Poggio alla Regina bis ins Hochmittelalter ein strategischer Posten zwischen dem Valdarno und dem Casentinotal darstellte, mit Häusern, Turm, Brunnen, Ofen zum Brotbacken und einer mehr als 250 Meter langen Festungsmauer. Man hatte Münzen, Broschen und Keramik gefunden, sowie ein Siegel der Grafen Guidi. Die Leute lebten vom Ackerbau und von dem, was der Berg ihnen schenkte.

„*Wie kam es, dass die Festung verlassen wurde?*", interessierte sich Julia. „*Später wurden die neuen Städte unten im Tal wichtiger für die Wirtschaft und als militärische Vorposten von Florenz. Der Handel der bürgerlichen Kaufleute lief über die Via Setteponti und nicht mehr über die Berge ins benachbarte Casentinotal. Die Leute zieht es dahin, wo es ihnen wirtschaftlich besser geht*", gab Marco als Antwort.

Hier hatte sie also vor Augen, was sie vor zwei Tagen im Museum der „Terre Nuove" an Schautafeln und Modellen gesehen hatte. Im 13. und 14. Jahrhundert verdrängte das aufstrebende Bürgertum, das sich je nach Berufsstand in Zünften organisiert hatte und in Florenz das politische Leben bestimmte, schließlich die Feudalherren. Deren Festungen wie hier der Familie Guidi wurden geschleift und die Bewohner gezwungen oder durch Steuerbefreiung und Privilegien verlockt, in die neuen Städte ins Tal zu ziehen.

Julia musste in diesem Moment auch an das Italien Mitte des 20. Jahrhunderts denken, als die Menschen nach dem Zweiten Weltkrieg ebenfalls vom Land in die Fabriken der Städte gelockt wurden, weil sie dort das schnell verdiente Geld erwartete. Das Land verwaiste zusehends und die alte bäuerliche Lebensform geriet in Vergessenheit.

Hätten nicht Ausländer und speziell die Briten in den 60er und 70er Jahren das „Chiantishire" für sich entdeckt, wo sie Häuser zu einem Spottpreis erwerben konnten, der Toskanaboom im Tourismus hätte nie stattgefunden.

Obwohl Marco keineswegs die genauen historischen Zusammenhänge kannte, brachte er Julia ein Gefühl für die Natur und für diejenigen nahe, die an dem Land hingen, aus dem sie hervorgegangen waren. Gleich der anderen Seite einer Münze, begann Julia ein neues, vollständigeres Bild von Land und Leuten zu gewinnen.

Wie Julia und Marco nebeneinander standen und hinunter ins Tal blickten, schien ihnen die über den Chiantibergen niedergehende Sonne ins Gesicht und tauchte sie in ein rotgoldenes Licht. Das Tal unten war weit entfernt und verschwamm im Dunst der aufsteigenden Wärme.

DER LETZTE SCHULTAG

Die Sonne ging gegen 6 Uhr auf und kündigte einen weiteren heißen Sommertag an. Während Julia noch einmal das Bettlaken bis über die Schulter zog und sich für weitere fünf Minuten im Bett entschied, dachte sie über die Erlebnisse der letzten Stunden nach. Was hatte sich verändert?

Als sie und Marco auf der notdürftig durch ein modriges Holzgatter abgesicherten Bergkuppe standen und Richtung Chianti blickten, streiften Marcos Finger der linken Hand sacht die ihren. Julia glaubte zuerst an einen Zufall. Dann suchten die rauhen Finger Marcos erneut die ihren, wobei er wortlos die Formen ihrer Hand zu erforschen begann.

Auf dem Ritt zurück begann Marco ein bisschen von sich zu erzählen. Er arbeitete als Automechaniker in einem nahen Dorf, aber sobald er eine freie Stunde hatte, zog es ihn hoch in die Berge und zu seinen Tieren.

„Bei Tieren weißt du immer woran du bist, ob sie dich mögen oder nicht", meinte er. *„Bei Menschen ist das nicht der Fall."* - *„Vielleicht"*, entgegnete Julia. *„Es ist immer auch eine Frage, was man sich vom anderen erwartet."* Einen Ehering, das hatte Julia bemerkt, als Marco ihr den Pfirsich reichte, trug er keinen und er erzählte auch nichts von einer Frau und Julia fragte nicht danach.

Zurück in Menzano versorgte Marco die Pferde, nahm dann einen Kanister mit Benzin, brachte sie in einem alten Geländewagen, in dem hinten Werkzeuge und Hilfsutensilien klimperten, zurück zur Vespa und füllte das Benzin in den Tank. Die Sonne versprühte ihre letzten Strahlen, als das Mofa problemlos ansprang.

Marco blickte Julia in die Augen und sein *„Ciao"* klang ausdruckslos wie ein unbeschriebenes Blatt. Dann drehte er sich um und während er sich eine Zigarette anzündete ging er zum Auto, ohne einen Blick zurückzuwerfen. *„Ciao"* war weder ein *„Arrivederci"*, was beinhaltete, dass man sich wiedersah oder zumindest darauf hoffte, noch ein *„Addio"* für den endgültigen Abschied.

Jetzt lag Julia im Bett, hörte die Vögel zwitschern, als würden sie sich für den Tag einsingen und fühlte eine Sehnsucht, die sie im Magen und Rückenmark zwischen den Schulterblättern kitzelte und ihr gleichzeitig den Hals zuschnürte.

Als sie gestern Abend gegen 22 Uhr in San Giovanni angekommen war, empfingen Marta und Marcello sie einigermaßen besorgt. *„Wir dachten, dir sei etwas passiert."* Martas Stimme klang atemlos und ein stiller Vorwurf schwang darin mit. Marcello nahm alles gelassener und während er Julia komplizenhaft aus dem Augenwinkel zuzwinkerte, meinte er zu seiner Frau: *„Reg dich ab, du siehst doch, dass es ihr gut geht."*

Julia erzählte den beiden, dass die Vespa mitten auf der Straße stehen geblieben war und sie erst eine Tankstelle hatte suchen müssen. Sie beließ die Erzählung bewusst vage, sah an sich herunter auf ihre staubigen Jeans und Schuhe, sagte dann schnell, um das Thema zu wechseln: *„Ich glaube, ich brauche eine Dusche"* und wandte sich mit einem entschuldigenden Lächeln ab, um auf ihr Zimmer zu gehen. Marta hatte sich wieder beruhigt und rief ihr nach: *„Es ist noch etwas zu essen auf dem Herd"*, aber Julia rief, schon auf der Treppe, zurück: *„Danke, aber ich bin zu müde"* und verschwand.

Auf ihrem Zimmer schickte sie eine SMS an Simon, dem sie die gleiche Geschichte textete und vorschob, zu müde zu sein um noch etwas zu unternehmen. Sie schloss die SMS mit einem *„a domani"* - (bis morgen) und einem lächelnden Emoji, wartete nicht auf eine Antwort und ging duschen.

Annamaria war bunt gekleidet wie immer, ihr Mund kirschrot geschminkt. Die mit Kajal theatralisch schwarz umrandeten Augen unterstrichen, dass heute ein Tag des Abschieds war. Schon beim Aufsperren der Klasse drückte sie Julia an ihre Brust und rief: *„Che peccato che te ne vai già"* - (Wie schade, dass du schon wieder abfährst). - *„Eh già, mi dispiace davvero"* - (Eben, das tut mir auch wirklich leid) antwortete Julia und sie meinte jedes Wort.

Die Woche war zu schnell vergangen und ließ Julia mit mehr offenen Fragen zurück als bei ihrer Ankunft. Simon hakte sich bei ihr unter und zog sie auf, dass ihr Mofa sie im Stich gelassen hatte. Er hatte den Abend mit den beiden holländischen Mädchen in einer angesagten Pizzeria zwischen San Giovanni und Montevarchi verbracht und sich gut amüsiert. Er ließ sich keine grauen Haare wachsen, dass zwischen ihm und Julia nicht mehr passiert war.

„Ich hoffe doch", meinte er, *„wir unternehmen am Wochenende zum Abschied noch etwas gemeinsam?"* - *„Auf jeden Fall"*, versicherte ihm Julia. Sie hatte Simon lieb gewonnen wie einen Bruder.

Die Stunden verflogen und Julia träumte vor sich hin und sah zum Fenster hinaus. Im gegenüber liegenden Büro standen die Fenster offen und sie registrierte, dass der Mann mit der polierten Glatze und dem Spitzbart Besuch hatte. Obwohl er im Schatten des Zimmers stand, erkannte sie in der anderen Gestalt sofort den feisten Politiker mit den Haaren, die bis an die Schulter reichten. In der einen Hand hielt der Politiker die Zigarre. Mit den Fingern der anderen Hand pickte er einen sehr kleinen Gegenstand vom Schreibtisch, ging dann ans Fenster und hielt ihn gegen die Sonne um ihn genauer zu betrachten. Julia konnte nicht erkennen, was er zwischen Daumen und Zeigefinger hielt. Als der Mann bemerkte, dass Julia ihm zusah, trat er hastig einen Schritt zurück in den Schatten des Zimmers und schloss das Fenster, so dass Julia durch die spiegelnden Scheiben nur mehr schemenhaft die Gestalten im Raum gegenüber wahrnahm.

Annamaria war heute milde gestimmt und entschied, dass sie eine Viertelstunde früher Schluss machten und alle zusammen ein Abschiedseis in der *Gelateria* auf dem Corso gleich neben der Schule essen gingen. Die einzigen, die wahrscheinlich eine weitere Grammatikeinheit vorgezogen hätten, waren die beiden Architekten. Beim Abschied waren sie zu Julia ebenso höflich, wie sie es bei der Begrüßung gewesen waren.

*Der Valdarno hat viele sehenswerte „**Pievi**" zu bieten, einfache, aber ästhetisch ansprechende **romanische Kirchen**, die ab dem Jahr 1000 nach Christus gebaut wurden, oft aber langobardische, frühchristliche oder sogar vorchristliche Wurzeln hatten.*

*Auf der Seite des Pratomagno sind unter anderen die Kirchen von **San Leolino in Rignano, sowie Pitiana, Sant'Agata ad Arfoli, San Pietro in Cascia in der Gemeinde Reggello sehenswert, dann weiter auf der Via Setteponti die Kirchen Santa Maria in Pian di Scò, San Pietro in Gropina bei Loro Ciuffenna, die Kirche in San Giustino, sowie eine archäologische Grabungsstätte der ehemaligen Pieve San Quirico in Alfano bei Castiglion Fibocchi.***

*Auf der Seite des Chianti warten die Kirchen von **Pieve a Presciano, Galatrona bei Mercatale, die Kirche San Pancrazio bei Cavriglia und San Romolo in Gaville.***

Viele der Pievi sind im Sommer täglich von 9 bis 18 oder 19 Uhr geöffnet.

GROPINA

Deutsche, hieß es, seien romantisch und verklärten die Wirklichkeit. Darin würden sie sich von Italienern unterscheiden, die stattdessen zu Sentimentalität neigten. Die Psyche eines sentimentalen Menschen erträgt Situationen eher passiv, ohne einen Impuls zu handeln oder eine Lösung herbeizuführen. Der Romantiker entwirft eine real nicht existierende Gegenwelt.

Müde von der Hitze, hatte Julia sich entschieden ein bisschen auszuruhen und lag nun, nur mit Jeans-Shorts und Top bekleidet, auf ihrem Bett und dachte im Halbdunkel bei angelehnten Fensterläden darüber nach, ob sie sich verstiegen hatte. Warum machte es ihr größeren Spaß Brombeeren zu pflücken als Meisterwerke in Museen zu betrachten?

Während sie überdachte, welche Wirkung die Toskana auf sie hatte und wie der Valdarno ihre Sicht auf die Dinge veränderte, ging unvermittelt die Zimmertüre auf und während sie noch erschrocken *„Momento"* sagte und gleichzeitig aufsprang, stand Lorenzo bereits im Zimmer. Beide waren sie wohl gleichermaßen überrascht.

„Scusa" entschuldigte er sich und schloss daraufhin die Türe wieder halbwegs, allerdings nicht ohne einen Blick auf die hochgewachsene, schlanke Gestalt zu werfen, die sich im Halbdunkel des Zimmers abzeichnete. Julia öffnete die Tür mit einer einladenden Handbewegung und einem Lächeln: *„Prego."*

Da Julia barfuß vor ihm stand, waren sie und Lorenzo gleich groß. Er hatte ein weiches, von kurzen, dunkelblonden Haaren umrahmtes, Gesicht mit regelmäßigen Zügen und den klaren, schönen Augen seines Vaters, die unter langen Wimpern Julia unverstellt anblickten. Von seiner Mutter hatte er die proportionierte, schlanke Figur, die durch Sport mit wohl definierten Muskeln versehen war und die schnellen Bewegungen.

Keine Frage, Lorenzo stand Serena in nichts nach, was die ästhetische Erscheinung anbetraf. Er war gerade aus Pisa gekommen und überzeugt das Haus leer zu finden, denn seine Eltern hatten ihm ausgerichtet, sie seien beide bis abends unterwegs. Er hatte angenommen, dass auch Julia nicht da sei und war ins Zimmer gekommen, um etwas aus dem abgeschlossenen Teil des Schranks zu holen.

Julia öffnete die Fensterläden vor dem Balkon einen Spalt weit, um mehr Licht ins Zimmer zu lassen und die beiden stellten sich einander vor. Während sie leichthin über dies und das plauderten, öffnete Lorenzo den Kleiderschrank und nahm ein einfaches hellblaues Hemd und eine Jeans heraus, verschloss den Schrank wieder und sagte dann: *„Wollen wir uns unten treffen, da können wir uns bequemer unterhalten?"* - *„Okay, in fünf Minuten bin ich fertig"*, erwiderte Julia.

Als Marta ihr von dem heutigen abendlichen Konzert in Gropina erzählt hatte und dass Lorenzo dabei sein würde, hatte Julia sich vorgenommen, sich für diese Gelegenheit aufwändig in Schale zu werfen und einen umwerfenden ersten Eindruck bei Lorenzo zu hinterlassen, um wenigstens optisch Serena in nichts nachzustehen. Jetzt war alles anders gekommen. Sie duschte in Windeseile, streifte ihr einziges Kleid über, tuschte die Wimpern und zog den rosa Lipgloss zweimal hastig über die Lippen. Die blonden Haare fielen offen über ihre Schultern. Während sie in ihre Ballerinas schlüpfte, warf sie einen letzten Blick in den Spiegel, stieß einen kleinen resignierten Seufzer aus und murmelte leise zu sich selbst *„typisch Julia"*.

Als Julia ins Wohnzimmer kam, waren Marta und Marcello eben von ihren Erledigungen zurück. Lorenzo hatte Hemd und Jeans angezogen, die ledernen Mokassins an den nackten Füßen passten perfekt zur Farbe des Gürtels. Er sah jetzt erwachsener aus als vorhin. Ein dünnes Lederband mit kleinem silbernem Anänger umspannte eng seinen Hals.

Marta wirkte gelöst, wie Julia sie seit ihrer Ankunft noch nicht erlebt hatte. Ihr Gesicht, das sich oft sorgenvoll in Falten zerknitterte, wirkte auf einmal zehn Jahre jünger und sie lachte bei lustigen Bemerkungen aus vollem Hals wie ein junges Mädchen. Marcello holte für jeden ein Glas perlenden *Prosecco*. Überhaupt schien das Haus der Bonatti wie verwandelt, es wurde lebhaft diskutiert und alle liefen durcheinander. Zudem hatte Marcello für alle eine Neuigkeit, auf die sie die vergangenen Tage bereits gewartet hatten: *„Heute wurde bekannt gegeben, dass die Bank kommissarisch durch die Staatsbank geleitet wird."* Marta meinte nur trocken zu Julia: *„Wenn du in den nächsten Wochen und Monaten die Zeitungen liest, kannst du selbst feststellen, wie das Problem gelöst wird."*

Dann sah Marcello auf die Uhr und sagte: *„Es wird Zeit. Wir müssen los."* - *„Und Serena? Kommt sie nicht mit?"*, rutschte es Julia heraus, und hätte sich gleich darauf am liebsten auf die Lippen gebissen, denn es klang in ihren Ohren zu interessiert. *„Serena geht heute mit ihren Freundinnen aus. Sie kennt die Konzerte in Gropina schon"*, entgegnete Lorenzo lächelnd. *„Wir unternehmen morgen etwas alle zusammen, wenn du einverstanden bist."*

Julia konnte Lorenzo natürlich nicht sagen, dass Serena von ihr aus auch morgen zuhause bleiben konnte. Wahrscheinlich, dachte sie, tat sie Serena Unrecht, aber als sie Lorenzos Freundin am Dienstag kennengelernt hatte, wollte bei ihr kein echtes Gefühl der Sympathie für die Freundin Lorenzos aufkommen.

Sie brachen auf und gingen zu Marcellos altem Tipo, der vor dem Hauseingang parkte. Daneben stand ein neuer Lancia Ypsilon, eigentlich Martas Auto, das sie aber gerne an ihren Sohn abgetreten hatte, weil es zum einen eine größere Sicherheit für die ungefähr zweistündigen Fahrten zwischen Pisa und dem Valdarno bot und er auf der anderen Seite damit „bella figura" an der Uni und bei Freunden machte. Wie selbstverständlich stieg Marta zu Julia hinten in den Wagen. Julia hatte bemerkt, dass die Frauen in Italien oft auf der Rückbank der Autos Platz nahmen.

Sie fuhren zuerst Richtung Terranuova Bracciolini auf die andere Seite des Arno und und dann über eine Umgehungsstraße bis zum Schild „Penna Alta". Wie ein Vogelnest an einem Kliff hingen die Häuser oben an einer Hügelkuppe, die Fenster alle gen Tal gerichtet, damit die Einwohner gleich sehen konnten, ob ihnen Freund oder Feind aus der Ebene entgegenkam.

Sie parkten und erreichten zu Fuß den charakteristischen „Borgo" aus Stein, in dem auch das Restaurant untergebracht war. Die dem Tal zugewandte Aussichtsterrasse unter Lauben inmitten eines üppigen Gartens war mit weißen, schmiedeeisernen Tischen und Stühlen bestückt.

Die Speisekarte bot typisch toskanische und regionale Spezialitäten, darunter auch vegetarische Gerichte, und als vor dem Menü eine Mozzarellamousse im Glas als *Amuse gueule* serviert wurde, konnte Julia sich überzeugen, dass die Küche keineswegs banal war.

Die Luft war schwüler, als in den Tagen zuvor. Noch waren die Wolken am Himmel ungefährlich, aber langsam schien sich das Wetter ändern zu wollen. Die vier lachten viel und plauderten angeregt über dies und das und die Eltern erzählten Anekdoten aus Lorenzos Kindheit. Vor Julia entblätterte sich mehr und mehr der Charakter Lorenzos, der ihr auf der einen Seite impulsiv und mit einem Hang zu waghalsigen Unternehmungen erschien, auf der anderen Seite aber vermittelnd und mit einer großen Portion Charme, so dass man ihm auch für Dummheiten nicht böse sein konnte.

Kurz leuchtete die Besorgnis der Eltern über die berufliche Zukunft ihres Sohnes auf. Lorenzo wollte ein Doktorat ans Studium anschließen und erwog sogar ins Ausland zu gehen, weil in Italien die Aussichten auf einen Arbeitsplatz mehr als gering waren. Der sonst so besonnene Marcello geriet beinahe in Rage, als er die fehlenden Möglichkeiten für die jüngere Generation in seinem Land erwähnte. Julia erzählte von ihrem Besuch am Sonntag in der Brancacci-Kapelle und dass Masaccio diesen wichtigen und prestigeträchtigen Auftrag bereits im Alter von vierundzwanzig Jahren bekommen hatte.

„Wer würde heute einem so jungen Künstler eine derartige Verantwortung übertragen, auch bei uns in Deutschland?", sagte sie. Marcello merkte an, dass im Zeitalter der beginnenden Renaissance die jungen Leute schon sehr früh für etliche Jahre in die „Bottega" eines bekannten Meisters in die Lehre gingen und deshalb große handwerkliche Fertigkeiten vor Vollendung des zwanzigsten Lebensjahres besaßen. Julia pflichtete ihm bei, fügte jedoch hinzu, dass im Falle Masaccios nicht nur das handwerkliche Können vorhanden war, sondern auch eine außergewöhnliche intellektuelle Reife: *„Es steckt eine Absicht dahinter, dass Masaccio die Wirklichkeit so abgebildet hat, wie sie sich dem Auge des Betrachters darstellt, und nicht idealisiert und verklärt."*

„Vielleicht tat er das", spekulierte Marcello, *„weil Masaccio gezwungen war, sich mit der Wirklichkeit auseinanderzusetzen. Als er ein kleines Kind war, starb sein Vater und als er gerade in der Pubertät war, starb auch sein Stiefvater. Das hinterlässt Spuren in einem sensiblen jungen Mann."*

Marcello leerte den Rest der Weinflasche in die vier Gläser. Marta nickte und offenbarte, was Julia schon seit Tagen auf der Zunge brannte, sie Marta und Marcello allerdings nicht zu fragen gewagt hatte: *„Im Leben kommt es oft anders als erhofft. Lorenzos Berufung zum Beispiel war das Klavierspielen. Er hätte es schaffen können, seine Leidenschaft zum Beruf zu machen, denn er war wirklich begabt und hat bereits Wettbewerbe gewonnen und das Konservatorium besucht."*

Lorenzo senkte für einen Augenblick die Augen, legte seine Hand auf die seiner Mutter wie um sie zu beruhigen und Julia sah jetzt, dass eine lange Narbe längs seines Armes verlief.

„Dann hatte er mit sechzehn einen schlimmen Motorradunfall. Er war mit Serena unterwegs und wie so oft war er unvorsichtig und ist zu schnell gefahren. Gottseidank ging für Serena alles glimpflich aus, aber Lorenzos Hand war mehrfach gebrochen und leider hat er die Feinmotorik seiner Finger nie wieder vollständig erlangt."

Julia merkte, wie groß die künstlerischen Ambitionen Martas im Hinblick auf ihren Sohn gewesen waren, dem seine Eltern nicht umsonst den gleichen Vornamen wie Lorenzo „*Il Magnifico*" gegeben hatten. Lorenzo schien den Vorfall weniger tragisch zu nehmen als seine Mutter, hob sein Glas und prostete Julia und seinen Eltern zu, wobei er ihr komplizenhaft in die Augen sah und in Richtung seiner Mutter ein zuversichtliches „*brindiamo al futuro*" - (lasst uns auf die Zukunft anstoßen) sandte.

Marcello ergriff die Gelegenheit, um auf ein anderes Thema zu lenken: „*Gottseidank hat Lorenzo sein Interesse an der Natur ausgebaut. Musik ist sowieso eine brotlose Kunst. Apropos, wenn wir nicht unhöflich sein und mitten ins Konzert platzen wollen, sollten wir langsam aufbrechen.*"

Die Nacht hatte sich über den Hügel gesenkt und die Grillenmännchen stimmten ihr durchdringendes Konzert an. Die vier gingen zum Parkplatz und Glühwürmchen tanzten vor ihnen her, als wiesen sie ihnen den Weg. Neben ihnen ragten die Überreste des ehemaligen Wachturms auf, von dem aus man bis nach Gropina hatte sehen können. In vergangenen Jahrhunderten war das gesamte Tal mit einem System an Türmen ausgestattet, die es ermöglichten, Nachrichten mittels Feuerzeichen mit großer Schnelligkeit zu verbreiten.

In wenigen Autominuten hatten sie Loro Ciuffenna erreicht und bogen noch vor den ersten Häusern des Ortes nach rechts ab zur Kirche von Gropina. Während der Fahrt erzählte Marcello von den Besonderheiten des Ortes. Zu heidnischen Zeiten, so wollte es die Legende, habe an der Stelle, wo später die Kirche errichtet wurde, ein Tempel der Diana gestanden und die Etrusker hätten den Ort „Krupina" genannt, was soviel wie „Dorf" oder „Gemeinschaft" bedeutete. Nach Römern, Urchristen und Langobarden erlebte Gropina im 13. und 14. Jahrhundert eine neue Blütezeit.

Von außen machte die Kirche einen Eindruck von herber, fast abweisender Solidität. Schmale Fensterschlitze in der talwärts gelegenen Apsis ließen tagsüber nur wenig Licht ins Innere. Als sie aber den schon gut mit Publikum gefüllten, dreischiffigen Raum betrat, war Julia von der warmen Atmosphäre, die sie umfing, sehr angetan. Dazu trug auch die Beleuchtung bei, die die Kanzel mit langobardischen Motiven und in sich verschlungenen Säulen, die fantasievollen Kapitele mit Tier- und Pflanzenmotiven und die halbrunde Apsis effektvoll ausleuchtete.

Vor dem Rundchor saßen bereits, ganz in schwarz gekleidet, die jungen Musiker des Streichquartetts und sie ergatterten gerade noch einen Sitzplatz in den hinteren Reihen. Julia ließ den Blick zur Kanzel wandern, wo sie in die dreieckigen langobardischen Gesichter sah, denen man Augen, Nase und Mund inwärts in den Stein gemeiselt hatte. Bei ihrem Anblick und den verschlungenen Naturmotiven fiel ihr der toskanische Schriftsteller Curzio Malaparte ein, der eigentlich Kurt Erich Suckert hieß, weil sein Vater Deutscher war und der über die Toskaner schrieb, *„sie verlieren nie das Maß der Welt aus den Augen und die offensichtlichen wie geheimen Verbindungen zwischen den Menschen und der Natur."*

Auch bemerkte Julia eine Ähnlichkeit der Figuren zu den Skulpturen und Zeichnungen Venturino Venturis. Während sie sich noch umsah begann das Quartett zu spielen. Die Akustik der Kirche war kristallklar und das Konzert von großer Qualität. Dabei schien es das Natürlichste von der Welt, dass hier Kinder und Alte, die Bauern aus den umliegenden Gehöften ebenso wie asiatische Touristen das Konzert gleichermaßen genossen. Julia sah auf den Knoten in der Säule der Kanzel und hing weiter ihren Gedanken nach, wie sehr Natur und Kunst sich seit jeher in diesem Land verflochten, bis sie den Blick Lorenzos auf sich ruhen spürte.

SLOW FOOD MARKT IN SAN GIOVANNI

Julia liebte Märkte, besonders in fremden Ländern. Sie flanierte leidenschaftlich gerne zwischen bunten Ständen, sog die Düfte der Gewürze und Lebensmittelbuden ein und ließ sich vom Strom der Menschen hierhin und dorthin treiben.

Als Marta sie am Vortag gefragt hatte, ob sie Samstag frühmorgens mit ihr auf den Wochenmarkt gehen wollte, war Julia sofort einverstanden. Schon beim Aufwachen merkte sie, dass mehr Autos als gewöhnlich vor ihrem Balkon vorbeifuhren.

Marta ging alle vierzehn Tage auf den Markt, wenn die Bauern der Umgebung in Zusammenarbeit mit der Slow Food Bewegung am Rande des normalen Wochenmarktes entlang dem fast ausgetrockneten Flüsschen Borro della Madonna ihre lokalen Spezialitäten anboten. Erst seit ein paar Jahren nahm das Bewusstsein der Bevölkerung für örtliche und biologische Lebensmittel langsam aber stetig zu.

Der Morgen war heute nicht mehr so klar und frisch wie in den vergangenen Tagen, die Luft schien schwüler und der Himmel war von Dunst bedeckt. Marta und Julia bummelten an den zahlreichen Ständen des Marktes vorbei, bis sie an den Fluss gelangten, der eine natürliche Grenze zwischen der alten Stadt und den modernen Wohnbezirken darstellte.

Im Gegensatz zum regulären Markt drängten und schoben sich hier die Personen nicht auf der Jagd nach dem billigsten Artikel. Offensichtlich kannten sich die meisten Kunden und Produzenten und kein Kunde verließ den Stand ohne ein persönliches Wort, ein *„come va?"* - (wie geht's) und zwei Sätze über das Wetter oder Familie und Freunde. *„Stavamo meglio quando stavamo peggio"* - (Uns ging's besser, als es uns schlechter ging) hörte Julia eine rotbackige Marktfrau zu einer eleganten Kundin sagen, die ihr beipflichtete.

In einer Obstkiste sah Julia ein Schild mit der Aufschrift „Pesca Elberta", deutete auf die Pfirsiche und meinte zu Marta: *„Ich nehme ein paar."* - *„Sie sind sehr gut, bekommen aber sofort braune Flecken"*, entgegnete ihr Marta. *„Deshalb kaufe ich sie gewöhnlich nicht."*

Als Julia an der Reihe war, zeigte sie auf die mandelförmigen Pfirsiche und sagte *„quattro pesche, per favore"*, wobei sie vier Finger ihrer rechten Hand hob. *„Warum heißen die Pfirsiche Elberta?"*, fragte Julia neugierig und die Marktfrau gab bereitwillig Auskunft: *„Soviel ich weiß, kam die Pfirsichsorte Anfang des 20. Jahrhunderts aus Amerika, aber die Leute kauften sie nicht, weil sie leicht verdirbt. Dabei schmeckt sie ausgezeichnet."*

Während Julia die Tüte mit den Pfirsichen entgegennahm, begriff sie, warum der Name des Pfirsichs „Elberta" lautete: man hatte die Laute des englischen Namens „Alberta" ins Italienische übertragen. Etliche Lebensmittel, die oft und gerne in der toskanischen Küche verwendet werden, wie Tomaten, Kürbisse oder Cannelini-Bohnen, stammen ursprünglich aus Mittel- oder Nordamerika. Die Toskaner verstehen es durchaus, Neuheiten anzunehmen und in ihre Tradition zu integrieren.

Zusammen mit Marta ging sie weiter und sah die Stände mit Brot aus Chiassaia, Pecorino- und Raviggiolo-Frischkäse aus der Gegend von Terranuova Bracciolini - eine Delikatesse, die am besten mit einem Schuss Olivenöl und Pfeffer schmeckt - und toskanisches Bier, das mit den Kräutern des Pratomagno-Gebirges gebraut wird. Wieder kehrten Julias Gedanken zu dem Bergmassiv zurück, das eine magnetische Anziehung auf sie ausübte, als sei es der Schlüssel zu vielen Fragen, doch als Julia den Blick Richtung Pratomagno lenkte, suchte sie im Dunst der Hitze vergeblich nach den Kanten des Berges.

Es war noch nicht 9 Uhr, als sie wieder zu Hause ankamen. Julia legte die Pfirsiche vorsichtig in eine Obstschale und wartete auf Lorenzo, der zusammen mit ihr und Serena heute Morgen einen Ausflug unternehmen wollte.

Am Kreisel eingangs des **Outlets** von **Leccio**, **Reggello**, gibt es kostenlose Parkplätze. Hügelwärts beginnt am Waldrand ein breiter Weg, der in ca. einer halben Stunde durch den Park hinauf zum **Schloss von Sammezzano** führt.

Das Schloss ist wahrscheinlich römischen Ursprungs. Im Jahr 780 nach Christus nächtigte Karl der Große auf Durchreise im Schloss, das im Laufe der Jahrhunderte auch der Medicifamilie gehörte, bis es an die Familie Ximenes d'Aragona mit Stammsitz in Florenz ging.

Im Park ist die 50 Meter hohe und ca. 8 Meter umspannende **Sequoia Gemella**
- (Zwillingssequoie) sehenswert. Der Weg zum Schloss und zur Sequoie ist aus-
geschildert.

SCHLOSS SAMMEZZANO

Bevor Julia Lorenzo und Serena sah, hörte sie das Auto vor dem Hauseingang parken. Lorenzo hatte im Landhaus von Serenas Eltern übernachtet und Marta hatte Julia erklärt, dass er dies jedes Wochenende tue: *„Zu uns kommt er nur noch zu Besuch."* Obwohl Marta die Verbindung ihres Sohnes mit einer der wichtigsten Familien des Tals guthieß, schwang doch ein Hauch Enttäuschung in ihrer Stimme, dass sie ihren Sohn nur mehr als Gast im Hause begrüßen konnte.

Serena war wie vor ein paar Tagen perfekt gekleidet, trug ein luftiges mit Blumen bedrucktes Jerseykleid, das an anderen wahrscheinlich altbacken ausgesehen hätte, ihr jedoch Noblesse verlieh. Farblich abgestimmte Mokassins und eine Handtasche aus weichem Nappaleder vervollständigten ihre tadellose Erscheinung.

Sie fuhren an der Autobahneinfahrt Incisa vorbei Richtung Leccio, den imposanten wie strengen Torre del Castellano immer im Blickfeld, dessen helle unverschnörkelte Mauern man auch von der Autobahn und vom Zug aus schon von Weitem sehen kann.

Die Familie Castellani besaß im ausgehenden Mittelalter große Ländereien in der Gegend von Reggello. So gehörte ihnen auch die Parzelle, die Masaccios Eltern in San Giovenale bewirtschafteten. Die mittelalterliche Burganlage Torre del Castellano, die ursprünglich ausschließlich militärischen Zwecken gedient hatte, wurde im Laufe des 18. Jahrhunderts allmählich in eine Villa umgebaut.

In der tiefen Ebene in der Nähe des Flusses Arno lag in der kleinen Ortschaft Leccio eines der international bekannten Mode-Outlets mit Geschäften von italienischen und internationalen Luxusmarken. Als sie das in rötlichen Ziegeln schimmernde Outlet bereits sehen konnte, fiel Julias Blick auf einen Hügel, der genau über dem Konsumtempel lag und sie stutzte. Über die Baumwipfel hinweg lugte ein elegantes Gebäude mit einer kuriosen halbmondförmigen Uhr. Sie tippte Lorenzo auf die Schulter, der gerade mehreren abgedunkelten schwarzen Limousinen die Vorfahrt ließ und fragte: *„Was ist das da oben?"*

„Das ist Schloss Sammezzano, ein ganz besonderer Ort." Julia wäre viel lieber zum Schloss gefahren als zum Outlet, aber sie hatten beschlossen, heute vormittag shoppen zu gehen. Das heisst, Serena wollte ein Paar Schuhe kaufen. Sie parkten am Waldrand und Serena schlug vor, einen *Caffè* in der Bar zu nehmen,

um sich auf das Shoppingerlebnis einzustimmen. An diesem Samstagmorgen wurde das Outlet, das im Jahr mehr Besucher als die Uffizien in Florenz anzieht, bereits von langen Schlangen asiatischer Touristen belagert, die sich wie Raupen von Geschäft zu Geschäft schoben.

Als sie durch die Tür der Bar traten, die sich zentral an der Piazza der Geschäftewürfel befand, nahm Julia eine Geruchsnote wahr, die ihr schon begegnet war. Während sie an den Tresen traten, überlegte sie woher ihr dieser würzige, intensive Geruch bekannt war, bis es ihr einfiel: als der feiste Politiker aus der Bar in San Giovanni gekommen war, hing in der Luft des Lokals der gleiche Zigarrengeruch wie hier.

Sie bestellten gerade einen *Caffè*, als Julia die beiden holländischen Mädchen aus ihrer Italienischklasse erkannte. Sie stellte den beiden Serena und Lorenzo vor und während Julia an ihrem *Caffè* nippte, fragten die beiden Holländerinnen Serena interessiert nach Informationen über Schnäppchen. Die Freundin Lorenzos nahm die Sonnenbrille ab und entpuppte sich als Enzyklopädie in Sachen Shopping. Julia staunte, mit welcher Detailkenntnis Serena von modischen Trends philosophierte und wandte sich an Lorenzo, der in der Zwischenzeit an der Kasse zahlte, um mehr über das Schloss Sammezzano zu erfahren.

In den beiden Holländerinnen hatte Serena zwei Anhängerinnen gefunden, die an ihren Lippen hingen. Mit einem kurzen Blick auf Julia schlug Serena vor, Lorenzo könne doch mit Julia zum Schloss spazieren, während sie mit den beiden Mädels shoppen gehe.

Selten war Julia so einverstanden mit einem Vorschlag und auch Lorenzo schien erleichtert. So trennten sie sich und während die drei jungen Frauen im Gewimmel der asiatischen Reisegruppen verschwanden, zeigte Lorenzo Julia den Weg zum Schloss.

In weiten Kurven wand sich der Weg durch den verwilderten Park des Schlosses, der vor hundertfünfzig Jahren von dem florentiner adligen Besitzer als botanischer Garten angelegt worden war. Farne wuchsen am Wegrand und unzählige Schattierungen von dichtem Grün umfingen sie wie ein Kokon, durch den die Sonne sich den Weg erst bahnen musste. Bäume klammerten sich mit freiliegenden Wurzeln an sandiges erodierendes Terrain, das infolge der Vernachlässigung vollständig abzurutschen drohte. Sie gingen eine Allee von Riesensequoien entlang und Julia kam sich klein vor unter den von der Hitze ermatteten Ästen der Riesen. Zedern und Eiben, Thujen und ein Zürgelbaum hatten sich zusammen mit den heimischen Grünpflanzen in einen undurchdringlichen Dschungel verwandelt.

Lorenzo war froh, in Julia eine interessierte Zuhörerin gefunden zu haben und während sie langsam über den weichen Waldboden des 50 Hektar umfassenden Parks zum Schloss hinaufstiegen, erzählte er bereitwillig die Geschichte des ungewöhnlichen Gebäudes, die im 19. Jahrhundert eng mit dem Leben des Adligen Ferdinando Panciatichi Ximenes d'Aragona verbunden war. Das hatte ihm sein Großvater erzählt, mit dem Lorenzo als kleiner Junge oft im Park Pilze sammeln ging.

Ferdinando entstammte einer der reichsten florentiner Familien, was ihm die Möglichkeiten gab, seinen zahlreichen Interessen und Leidenschaften nachzugehen. Er sammelte Bilder und studierte Dante, war Architekt, Ingenieur, Unternehmer, Wissenschaftler und liebte die Fotografie und Pflanzen. In einer seiner florentiner Villen züchtete er die Frucht *Bizzarria*, eine Kreuzung aus Orange, Zitrone und Zitronatzitrone.

Weil Ferdinando seine Vorstellungen verwirklicht sehen wollte, zumal als Florenz Hauptstadt Italiens wurde, ging er in die Politik. Für seine liberalen Ideen zog der Verfechter der Einheit Italiens ins Parlament ein. Als er seine politischen Ideale mit der Realität messen musste, trat jedoch bald die Ernüchterung bei ihm ein. Enttäuscht legte er seine Ämter nieder und lebte fortan in Sammezzano, wo er sein persönliches Credo eines friedlichen Zusammenlebens von West und Ost und allen Religionen in der kunstvollen Ausstattung von Schloss und Park verwirklichte.

Lorenzos Wangen hatten sich vom Aufstieg und vielen Reden gerötet. *„Ferdinando Panciatichi hat seine Überzeugungen in jedem Zimmer des Schlosses ausgedrückt. In einem Zimmer steht sinngemäß geschrieben: 'Ich schäme mich es auszusprechen, Steuereintreiber, Nutten, Diebe und Vermittler kontrollieren Italien, aber nicht das tut mir weh, sondern die Tatsache, dass wir es verdient haben'."* - *„Vor hundertfünfzig Jahren gesagt, klingt es immer noch erstaunlich aktuell"*, meinte Julia dazu.

Abrupt endete der Wald und eine große Wiese eröffnete den Ausblick auf das nahe Schloss, das aus der Nähe noch skurriler erschien als aus der Ferne. Rot schimmerten die Ziegel und drei symmetrisch übereinander liegende Fensterreihen mit geschlossenen Läden vermittelten einen Eindruck seiner Größe.

„Manche sagen, das Schloss habe 365 Zimmer, so viel wie das Jahr Tage hat. Obwohl die Zahl übertrieben ist, hat man den Eindruck, dass die Anzahl der Zimmer unendlich ist. Das Schloss ist seit fast dreißig Jahren geschlossen. Vorher war es ein Luxushotel mit nur elf Zimmern, der Rest war praktisch ein unbewohnbares Museum", erzählte Lorenzo und fuhr fort: *„Ich war vor vielen Jahren mit meinem Großvater im Schloss. Wenn wir nur hineinkämen, du würdest Augen machen!"*

Es war fast Mittag, die Sonne brannte heiß und am Himmel ballten sich immer dickere Wolken. Die beiden gingen am Waldrand entlang, der noch ein bisschen im Schatten lag. Erst aus der Nähe stachen Julia alle Details und Verzierungen des Schlosses ins Auge, wie die in Stein gehauenen Rosetten und Luftfenster, die dem Gebäude eine schwerelose Leichtigkeit verliehen, wobei ein Element stets mit dem nächsten verbunden war. Sie gingen eine Freitreppe empor und Lorenzo erzählte weiter: *„Ferdinando hat praktisch das ganze Tal in Arbeit gebracht. Die Materialien und Verzierungen, wie Ziegel, Kacheln und Stuck wurden vor Ort im Park hergestellt. Ab und zu gingen im ganzen Valdarno die Eier aus, weil sie für die Herstellung der Farben für die Verzierungen der Räume benötigt wurden."*

In der Zwischenzeit waren sie oben auf der Balustrade angekommen und Lorenzo drückte mit der Hand gegen die Tür, die unvermittelt mit einem leisen Seufzer nachgab. *„Wahrscheinlich haben sie kürzlich die Tür aufgebrochen um zu sehen, ob innen noch etwas von Wert zu holen ist"*, meinte Lorenzo einigermaßen verblüfft wegen der unerwarteten Möglichkeit, die sich ihnen bot. Leise und verstohlen betraten sie das Schloss und lehnten gewissenhaft die Tür hinter sich wieder an, damit niemand ihr Eindringen bemerkte.

Mit den Taschenlampen ihrer Handys leuchteten sie in den Raum und sahen Treppen, die nach oben in die herrschaftlichen Gemächer führten. Julia folgte Lorenzo, der entschlossen und neugierig voranging. Oben verharrten sie beide einen Moment sprachlos vor Erstaunen.

Vor ihnen öffneten sich verschiedene aufeinanderfolgende Säle, jeder eine Explosion von Farben und geometrischen Mustern. Der Schein des Lichts verwandelte die Wände in ein sich stetig änderndes Kaleidoskop.

Im ersten weißen Saal, der ganz mit Stuck bekleidet war, sah Julia an der einen Wand über einem Mosaik aus buntem Glas hoch oben die Schrift *„Todos contra nos"* - (alle gegen uns) und auf der gegenüber liegenden *„Nos contra todos"* -

(wir gegen alle). *„Das war wohl die Quintessenz des Charakters Ferdinandos"*, sagte Julia zu Lorenzo und ihre Stimme war zu einem erstickten Flüstern geworden. - *„Ja"*, gab Lorenzo im gleichen Tonfall zurück, *„in einem anderen Raum steht auch 'Frangar non flectar' - eher bricht er, als dass er sich beugt und seine Ideale verrät."*

Der nächste Raum, ein Oktagon, war das Zentrum des Gebäudes und erinnerte mit seinen elfenbeinfarbenen geschwungenen Mustern und seiner Balustrade im ersten Stock an die spanische Alhambra. An einer Seite prangten in goldenen Lettern die Initialen des Besitzers FPX. Von jeder der acht Seiten ging eine Tür in weitere Zimmer ab, die in indischen, maurischen und arabischen Motiven gehalten waren. Dabei war Ferdinando nie in die arabische Welt gereist, sondern kannte sie nur aus Büchern.

Den mit Mosaikmustern bestückten Fußboden bedeckte eine dicke Staubschicht. Aus Fensterspalten drangen Lichtstreifen in den Raum. *„Wie so viele Intellektuelle und Herrscher des 19. Jahrhunderts, darunter auch euer Märchenkönig Ludwig II, war Ferdinando Panciatichi ein Verehrer alles Orientalischen, von der Poesie bis zur Architektur"*, sagte Lorenzo zu Julia und fuhr fort: *„Aber Panciatichi wollte auch bewusst eine Verbindung zwischen dem Christentum und dem Islam herstellen. Für ihn lagen die Wurzeln der Renaissance im Islam, schließlich wurden viele griechische und lateinische Schriften in arabischen Bibliotheken durchs Mittelalter gerettet und übersetzt. Im 12. Jahrhundert legte vor allem der Araber Ibn Rushd einen wichtigen Grundstein für die Renaissance mit seinem Kommentar zu den Schriften des Aristoteles und dem Schluss, dass Religion und Philosophie sich nicht widersprechen, sondern die Vernunft vielmehr ein Gebot des Glaubens sei und dass sie demzufolge die natürliche Welt erforschen dürfe."*

„So viel ich weiß, hat Dante Alighieri Ibn Rushd wegen seines Verdiensts auch in der 'Göttlichen Komödie' erwähnt", erwiderte Julia und Lorenzo sah sie überrascht von der Seite an, während ein Sonnenstrahl direkt auf ihr hübsches Gesicht fiel. Er hatte nicht erwartet, dass Julia Dantes Werk so gut kannte. Sie bemerkte den erstaunten Blick und grinste ihn an: *„Du siehst, mein Abschluss in italienischer Literatur hat Spuren hinterlassen."*

„Auch nach dem Fall Konstantinopels um die Mitte des 15. Jahrhunderts gelangten viele Schriften und Gelehrte nach Italien, so auch nach Florenz, und haben der Renaissance eine breitere Grundlage gegeben", führte Lorenzo seinen Gedanken fort. - *„Und zur gleichen Zeit wurde von Guttenberg der*

Buchdruck erfunden und die Schriften konnten schneller zugänglich gemacht und verbreitet werden", ergänzte Julia.

Im nächsten Zimmer beleuchtete Lorenzo mit seinem Handy Namen, die rechts und links der Türen in goldenen Lettern zu sehen waren. „Tristano" stand da und nebenan „Isotta", Tristan und Isolde – der Raum war den großen Liebespaaren der Literatur gewidmet.

Plötzlich hörten sie von draußen Geräusche, die durch die fragilen einglasigen Fenster deutlich an ihre Ohren drangen. Hastig näherten sich beide auf Zehenspitzen dem nächsten Fenster und spähten hinunter. Gerade stiegen zwei Personen aus einem Auto vor dem Haupteingang, der auf der entgegengesetzten Seite des Parks lag. Sie wussten nicht, ob es sich um Spaziergänger handelte, ob die Leute ins Schloss wollten oder sie gar entdeckt hatten.

Lorenzo machte Julia ein Zeichen, und so schnell und lautlos wie möglich rannten sie durch die kathedralenhohen Säle den Weg zurück und die Treppe hinunter. Vorsichtig öffnete Julia die Eingangstür einen Spalt weit und als niemand zu sehen war huschten sie hinaus.

Auf dem Rückweg waren beide schweigsam und während sie über den weichen Waldboden liefen, verarbeitete jeder für sich die vielen Eindrücke, die zuvor auf sie eingestürmt waren. Wie zwei Komplizen verband sie diese Erfahrung.

Als sie schließlich aus dem Wald auftauchten und Julia das schachtelartige Outlet sah, befiel sie eine Traurigkeit, die sich wie ein schwerer Stein auf ihre Brust legte und ihr den Atem nahm. Julia schloss für einen kurzen Moment die Augen und sah vor sich Marco, wie er auf seinem Pferd in Richtung Poggio alla Regina ritt, als wäre er eine Figur aus einer versunkenen Epoche.

Da das thyrrenische wie das adriatische Meer jeweils ca. zwei Autostunden entfernt liegen, erfrischen sich die Einheimischen außer im Schwimmbad auch in
den verschiedenen **Gebirgsbächen**, die in den Arno münden. Beliebte Ziele sind
der Bach bei Gorgiti über Loro Ciuffenna, sowie das Flüsschen Resco oberhalb
von Pian di Scò oder das bei Lavana über Reggello.

Ein besonderes Schmankerl ist die 7 Grad kalte Quelle der **Thermen „Bagni
di Cetica".** Die Quelle wird seit der Römerzeit benutzt. Hier soll den beiden
Heiligen San Gualberto von Vallombrosa und San Romualdo von Camaldoli
der Heilige Romolo erschienen sein. Gleich ob er nun Erscheinungen provo-
ziert oder nicht: der Ort ist ungewöhnlich und für naturverbundene Familien
für einen Tagesausflug geeignet. Erreichbar sind die Thermen über die „Strada
Panoramica" via Loro Ciuffenna - Trappola oder via Reggello - Vallombrosa
- Secchieta.

GORGITI – DAS BAD IM FLUSS

Die drei waren nur kurz zurück nach San Giovanni zu Lorenzos Haus gefahren. Julia hatte auf ihrem Zimmer ihren Bikini unter die kurze Hose und das T-Shirt gezogen und ein Handtuch eingepackt, während Serena und Lorenzo unten in der Küche eine kalte Platte mit *Pinzimonio* aus rohen Karotten und Fenchelstangen, Mozzarella und Tomaten mit frisch im Garten gezupften Basilikumblättern, Pratomagno-Schinken und Melone vorbereiteten. Obwohl alle Fensterläden geschlossen waren, quoll die Hitze nun aus allen Fugen. Julia war froh, dass sie in die Berge über Loro Ciuffenna fahren wollten, um in einem Fluss im Wald zu baden.

Kaum hatten sie gegessen, läutete es an der Tür und Julia sprang auf, um zu öffnen. Simon war pünktlich zur Verabredung erschienen, wie immer nachlässig in khakifarbenen Bermudas und rosa T-Shirt gekleidet, die Sonnenbrille im Haar und ein entspanntes Lächeln um den Mund.

„*Ciao piccola*", begrüßte er sie und kniff sie in die Wange. Julia gab ihm einen gutmütigen Stoß zwischen die Rippen und stellte ihn Serena und Lorenzo vor. Als Simon Serena erblickte, entfuhr ihm ein „*oh là là*" und er deutete eine ritterliche Verbeugung an, während er Lorenzo mit „*Hey Bro'*„ und einem High Five begrüßte, wobei beide sich in der Luft die Hand gaben und einen Moment die Kräfte maßen. Als sich ihre Finger voneinander lösten, grinsten sie sich an: sie waren sich sympathisch.

In Lorenzos Auto brachen sie auf. Lorenzo und Serena saßen vorn, Simon und Julia hinten. Wie schon gestern Abend fuhren sie das Tal entlang und dann bei Terranuova Bracciolini den Hügel empor nach Loro Ciuffenna. Im alten Ortskern folgten sie den braunen Hinweisschildern „Frazioni montane" - (Bergdörfer) und hielten sich dann an die Bezeichnung „Gorgiti".

Hinter Loro Ciuffenna stieg der höchste Teil des Pratomagno-Massivs bis zum roten Gipfelkreuz auf fast 1600 Metern an und die Landschaft war bäuerlicher und rauher als bei Castelfranco oder Castiglion Fibocchi in Richtung Arezzo.

Sie ließen das urige Dorf Poggio di Loro, in dem im Sommer an den Wochenenden oft charakteristische Feste stattfanden, rechts liegen und folgten der Straße in Richtung Pieravilla und Modine. Der Ort war kaum 10 Autominuten von Loro Ciuffenna entfernt.

Die wie an einer losen Kette aufgereihten Bergdörfer um Loro Ciuffenna, Gorgiti, Poggio, San Clemente, Casale, Trappola, Trevane, Villa, Chiassaia, bis hinauf nach Anciolina führten in der Vergangenheit ein vom Tal losgelöstes Eigenleben und waren durch Fußwege und Eselssteige miteinander verbunden, die jetzt ein dichtes Netz von Wanderwegen bildeten.

Auf der Fahrt in die Bergwelt hatte Lorenzo einige Geschichten über den Pratomagno erzählt, wie über den unglückseligen australischen Luftfahrtpionier Herbert Hinkler, der 1933 beim Versuch eines Rekordflugs von England nach Australien am Pratomagno zerschellt war.

Der Berg war das Maß aller Dinge. In den vergangenen Jahrhunderten war der Mensch ihm ausgeliefert und nur wer die Regeln der Natur verstand und sich ihr anzupassen wusste, hatte die Chance zu überleben. Andernfalls ging er an seinem eigenen Übermut und fatalen Fehleinschätzungen zugrunde.

Der Berg war auch der letzte Rückzugsort. Über den Pratomagno hatten sich während des Zweiten Weltkriegs Hunderte von Partisanen verteilt, hier bei Loro Ciuffenna die Brigade „Mameli" oder bei Pian di Scò und Reggello die Brigade „Potente". Die deutschen Truppen gerieten auf ihrem Rückzug im Sommer 1944 immer wieder in einen Hinterhalt. Die Engländer halfen den Partisanen, indem sie Waffen und schließlich auch Truppen im Rücken der Deutschen abwarfen.

Wenn die Deutschen getroffen wurden, übten sie, nicht selten mit Unterstützung der lokalen Faschisten, Vergeltung an der zivilen Bevölkerung. Männer, Alte, Frauen und Kinder wurden gefoltert und danach erhängt, einfach erschossen oder in Häuser gesperrt, die dann angezündet wurden. Besonders unrühmlich hatte sich die Fallschirm-Panzerdivision Göring hervorgetan, die auf der gegenüberliegenden Seite des Tals in Castelnuovo dei Sabbioni 73 tote Zivilisten zu verantworten hatte, in San Pancrazio 74 und in Meleto 97. Am 3. August 1944 wurden in Rignano sull'Arno die Frau und die beiden Töchter von Albert Einsteins Cousin Robert Einstein erschossen. Andere Familienmitglieder, die nicht den Nachnamen „Einstein" trugen, kamen mit dem Leben davon.

Sie waren gerade durch Modine gefahren, als Lorenzo sagte: *„Der Pratomagno wurde mit allen Mitteln umkämpft. Hier in Modine hatten sich 1944 an die 300 deutsche Soldaten auf ihrem Rückzug verschanzt. Sie hatten an die 50 Zivilisten – Frauen und Kinder aus Poggio di Loro – als Geiseln genommen, nachdem Partisanen vier deutsche Soldaten gefangen und den englischen Truppen* *übergeben hatten. Am gleichen Tag hatten Partisanen zudem einen deutschen Soldaten getötet, worauf die Deutschen wiederum bei Modine zehn Zivilisten umbrachten, darunter eine Frau."* Nach einer kleinen Pause setzte Lorenzo hinzu: *„Einer der Toten war ein Onkel meines Großvaters."*

Wieder machte er eine kleine Pause: *„Als die Nacht darauf eine deutsche Patrouille mit einem englischen Trupp aneinander geriet und es Tote gab, beschloss der deutsche Befehlshaber, die gefangenen Zivilisten alle zu verbrennen. Gerade als sie ihr Vorhaben ausführen wollten, wurden die Deutschen vom Wald her beschossen, bis sie die Flucht ergriffen. Man hat nie erfahren, wer auf die Deutschen geschossen hat, ob es die vorrückenden Engländer waren oder doch Partisanen."*

„Das alles ist noch keine hundert Jahre her", fiel Simon ein. *„Und hier sitzen wir zusammen im Auto, Italiener, Engländer, Deutsche, und fahren zum Baden. Ist das nicht bemerkenswert?"*- *„Da hast du Recht. Was Lorenzo erzählt hat, klingt wie ein böser Traum,"* meinte Julia. Serena nestelte an den Perlen ihrer Halskette und nickte.

Sie erreichten Gorgiti und parkten das Auto vor dem Dorfeingang. Die bräunlichen und lehmgrauen Steinhäuser lagen zwischen zwei Bergen in einem schattigen Tal.

Jeder packte seinen Rucksack und sie schlugen einen Waldweg ein, der links am Dorf und an einem Forellenweiher vorbei in Richtung Rocca Ricciarda führte. Auf dem leichten Anstieg begleitete sie ein gluckerndes Bächlein zur Rechten. Lorenzo ging mit Julia voran, hinter ihnen folgten Simon und Serena. Als Julia sich zu ihnen umdrehte, sah sie die beiden dunklen Lockenköpfe eng beisammen in ein angeregtes Gespräch vertieft und sie hörte Serena zum ersten Mal aus vollem Halse lachen. Simons Humor war eine wunderbare Gabe.

Die Luft in der Nähe des Bächleins war frisch und roch nach Sommer und warmen Tannenzapfen. Julia gefiel der Spaziergang in den Bergen, so dass sie Lorenzo fragte, ob er ihr für den morgigen Tag einen Wanderweg empfehlen könne. Sie wollte ihren letzten Tag auf dem Berg verbringen.

„Ich würde dir eine Wanderung von Vallombrosa nach Secchieta auf den Gipfel empfehlen. Du könntest mit der Vespa bis Vallombrosa fahren und wir treffen uns mittags oben in Secchieta. Ich habe Serena versprochen mit ihr am Morgen auf den Antiquitätenmarkt in Arezzo zu gehen", entschuldigte er sich.

„Eigentlich wollte ich dir vorschlagen, uns zu begleiten," setzte Lorenzo noch hinzu und sah Julia dabei fragend an.

Julia überlegte kurz. Arezzo kannte sie noch nicht und der älteste und größte Antiquitätenmarkt Italiens, der am ersten Wochenende eines jeden Monats stattfand, klang durchaus verlockend. Aber sie wollte nicht das fünfte Rad am Wagen sein, so dass sie schließlich sagte, sie sei einverstanden, sich oben in Secchieta zum Mittagessen zu treffen.

Mittlerweile waren sie an den Ort gekommen, den die Leute *„il pozzo"*- (der Brunnen) nannten. Hier wurden früher die Schafe gewaschen, bevor sie im Frühjahr zur Schur kamen. Seit dem Jahr 1000 nach Christus ließen Schäfer ihre Tiere den Sommer über auf dem Pratomagno weiden und trieben sie dann zum Überwintern in die Maremma, wo das Klima milder war. Bis Ende der 50er Jahre des 20. Jahrhunderts konnte man noch wandernde Schäfer im Valdarno finden.

Ein Schild am Wegrand zeigte dagegen ein Bild eines lokalen Malers, Lorenzo Bonechi aus Figline. Die Figuren mit ihren langgezogenen, byzantinisch hieratischen Körpern, die an die Gemälde der Gotik erinnerten – ein Mann und drei Frauen – unterhielten sich vorne, während im Hintergrund eine nackte Frau im Tümpel badete. Zwei nackte Männer und eine Frau waren ebenfalls in Konversation vertieft, ohne dass eine erotische Spannung entstand. Worüber mochten die Figuren sich unterhalten? Einen Augenblick verharrte Julia vor dem Bild. Was sie am meisten beeindruckte, waren das Licht und die klaren Farben, die Bonechi zu einer idyllischen, in sich ruhenden, zeitlosen Komposition verwandelte.

Als sie zum Fluss hinabstiegen, funkelten die einfallenden Sonnenstrahlen im Wasser wie tausend Kristallsplitter. Sie legten ihre Kleider ab und stiegen ins eiskalte Nass.

Als Julia sich mit nackten Füßen unbeholfen über die Steine tastete und unter ihren Sohlen die runden und kantigen Formen spürte, fühlte sie sich plötzlich verletzlich und sah zu den anderen hinüber. Nur mit Bikini und Badeshorts bekleidet, versuchten auch sie schnell zur tieferen Stelle in der Mitte des Baches zu gelangen, während Singvögel über ihren Köpfen aufgeregt zwitscherten. Auf einmal sahen die vier einander an und begannen alle zusammen zu lachen.

Das Eis war gebrochen und sie alberten und spielten wie kleine Kinder, bespritzten sich mit den eisigen Tropfen, jagten einander nach, ohne nunmehr den kantigen Untergrund zu spüren und Serena schlang ihre Arme vertraut um Lorenzos Hals, wie die Efeupflanzen sich um die Bäume am Ufer wanden.

Rocca Ricciarda *ist ein mittelalterliches Dorf in 930 Metern Höhe mit sich eng aneinander kauernden Häusern und einem herrlichen Blick auf den Valdarno. Im Mittelalter befand sich auf einem Felsen über dem Dorf eine Wehranlage mit Aussichtsturm, deren Ruine heute noch über eine Treppe begehbar ist.*

*Ein rot-weiß gekennzeichneter Rundwanderweg des CAI beginnt in **Gorgiti** und führt über 2,6 km auf einem langsam schmaler werdenden, ansteigenden Pfad immer dem Bach entlang und durch Kastanien- und Mischwälder. Nur die letzten 50 Höhenmeter ab einer Brücke bis nach Rocca Ricciarda sind steil.*

Auf der entgegengesetzten Seite von Rocca Ricciarda führt ein 2,4 km langer, gut ausgebauter Weg vorbei an einer Mühle, an dem in den Felsen geritzten salomonischen Knoten und dem Friedhof von Rocca Ricciarda. Eine beschilderte Abzweigung weist den schattigen Weg hinunter zurück nach Gorgiti.

ROCCA RICCIARDA UND DER SALOMONISCHE KNOTEN

Der Nachmittag verging wie im Flug. Ab und zu blickte Julia auf den schmalen Himmelsausschnitt, der über dem Fluss zu sehen war. Zuerst war das Blau des Himmels hell. Während die Sonne sich senkte, zogen Wolken auf, die immer rascher vorbeizogen, zuerst weiß, gegen Abend dann mit einem Hauch Purpur, Regen ankündigend. Sie hatten sich alle prächtig verstanden.

Es war Lorenzo, der den Vorschlag machte, Serena und Simon könnten mit dem Auto hoch nach Rocca Ricciarda fahren, während er und Julia, die so offensichtlich Gefallen an der Natur fand, den Weg zu Fuß den Bach entlang nehmen würden. Mit einem Blick zum Himmel meinte Lorenzo, dass der Weg nicht weit sei, sie müssten sich allerdings beeilen, um rechtzeitig vor dem Gewitter oben zu sein.

Sie würden dann in der gemütlichen Osteria der Rocca zu Abend essen. Alle waren mit dem Vorschlag einverstanden. Sie zogen ihre Kleider an und während Serena und Simon den Weg zurück nach Gorgiti liefen, brachen Lorenzo und Julia in die entgegengesetzte Richtung auf.

Bald wurde der Weg schmal und lief nahe am Bach entlang, so dass sie im Gänsemarsch hintereinander gehen und dabei aufpassen mussten, wohin sie die Füße setzten. Nach ein paar Minuten erreichten sie die notdürftige Nachbildung eines Kohlenmeilers. Die „Carbonaia" war aus Ästen auf einem ebenerdigen Platz nahe am Bach gebaut. Der Beruf des Köhlers war einer der härtesten überhaupt. Wenn das Holz langsam zu Kohle verbrannte, dauerte es Tage und die Köhler lebten oft wochenlang unter härtesten Bedingungen im Wald, im Gesicht die Hitze des Feuers und im Rücken den auch im Sommer des Nachts kalten Nordwind. Oft schliefen sie tagelang kaum, denn der Ofen, in dem das Holz glühte, musste alle paar Stunden überprüft, befeuert und die Luftzufuhr geregelt werden.

Sie überquerten eine moosbewachsene Brücke. Danach ging es das letzte Stück steil den Berg hinauf. Während sich am Himmel schwarze Wolken drohend zusammenballten, erreichten sie eine kleine Kapelle am Ortseingang von Rocca Ricciarda. Von hier sahen sie aufs Tal und Julia dachte daran, wie sie nur wenige Kilometer entfernt von hier mit Marco gestanden und ebenfalls ins Tal geblickt hatte. Vor zwei Tagen war sie überrascht und in gewisser Weise auch überwältigt gewesen von dem Neuen, das sie erlebte. Heute fühlte sie sich bereits als ein Teil der Landschaft. Sie konnte es kaum erwarten, morgen die Wanderung auf den Kamm des Berges zu unternehmen. Ein Blitz zuckte über die Bergkuppe unter ihnen.

Als erste schwere Regentropfen vom Himmel fielen, rannten sie durch die engen Gassen von Rocca Ricciarda und hatten wenige Kurven später die Osteria erreicht. Serena und Simon waren bereits da und hatten sich an einen der einfachen Holztische neben die Panoramafenster mit Talblick gesetzt.

Sie sahen zu, wie sich das lange angestaute Gewitter entlud. Blitze zuckten in die Berge und Donner hallte von einer Seite des Bergarms zur anderen. Sie waren froh, im Trockenen zu sitzen und bestellten toskanische Spezialitäten, *Gnudi* aus Kartoffeln und Kastanienmehl und danach gefülltes Hähnchen mit *Patate al forno* - (Ofenkartoffeln). Die Flasche Hauswein stand bereits auf dem Tisch, ohne dass es einer Bestellung bedurft hätte.

Das Unwetter hatte sich so schnell verzogen, wie es gekommen war. Jetzt funkelten die Sterne im Dunkel der Nacht. Als sie vor die Tür traten, roch die Luft würzig nach Wald und es hatte merklich aufgefrischt. Heute hatten sie einen der letzten heißen Sommertage erlebt, denn Anfang oder Mitte August gab es jedes Jahr für gewöhnlich ein Gewitter, von dem es hieß es würde die Hitze „brechen". Danach waren die Morgen frisch und der Sommer nicht mehr drückend heiß.

Die Sterne schienen greifbar nah. Simon meldete sich zu Wort: „*Bald ist die Nacht von San Lorenzo, dann fallen Sternschnuppen vom Himmel.*"- „*Das tun sie auch heute schon. Wollen wir noch ein paar Meter gehen?*", fragte Lorenzo. „*Ich wollte euch noch etwas zeigen.*"

Die anderen waren einverstanden und so gingen sie auf einem Fußweg parallel zum Berg, der zuerst an einer Mühle vorbeiführte. Ein Bach schoss nach dem Gewitter aufgewühlt ins Tal. Von den Bäumen tropften immer noch schwere Wasserperlen und an den Seiten des Wegs hatten sich kleine Rinnsale gebildet, die ihren Weg talwärts suchten.

Ein Stück weiter vorne auf ihrem Weg sahen sie einen Friedhof, der genau mit Blick auf Rocca Ricciarda lag. Während rechter Hand die Lichter des Ortes wie kleine Bernsteine am Berghang leuchteten, suchte Lorenzo mit der Taschenlampe seines Handys einen großen Felsen auf der anderen Wegseite ab, bis er gefunden hatte, was er suchte.

In den Felsen war die Zeichnung eines verschlungenen Knotens geritzt. „*Das ist der salomonische Knoten*", erklärte ihnen Lorenzo. „*Er ist ein Archetyp, ein Zeichen, das es seit Urzeiten in allen Kulturen gibt, von Indien bis Afrika oder in Nordeuropa. Er hat keinen Anfang und kein Ende.*"- „*Warum ist der Fels um den Knoten so sauber?*" wollte Simon wissen. - „*Weil man das Moos abgekratzt hat. Man hoffte durch eine Analyse der Bestandteile Hinweise auf das Alter des Knotens finden zu können. Letztendlich konnte man ihn nicht genau datieren, aber man schätzt, dass er mehrere hundert Jahre alt ist.*" - „*Die Genossenschaftsbanken unten im Tal haben genau so einen Knoten als Logo*", meldete sich Serena zu Wort. - „*Das kommt davon, weil sie ewig bestehen*", witzelte Simon. - „*Dass sie sich da mal nicht täuschen*", warf Lorenzo ein.

Die **Benediktinerabtei Vallombrosa** wurde 1039 von San Giovanni Gualberto als Eremitengemeinschaft gegründet. Neben ausgeschilderten Wanderungen kann man im Hochsommer Teile der Abtei, sowie das **Museum „d'Arte Sacra"** besuchen und Spaziergänge zu den fast ein Dutzend Kapellen im Umkreis unternehmen, die im Zuge der Gegenreformation errichtet wurden.

Kostenlose **Audioführer** (Dauer 90 Minuten) in den Sprachen Italienisch, Englisch, Französisch und Deutsch stehen für einen 6 Kilometer langen Spaziergang um die Abtei im **Besucherzentrum, Via San Giovanni Gualberto, Vallombrosa**, auf der rechten Seite der Abtei zur Verfügung. Interessant für die ganze Familie ist auch der Besuch des **Arboretums**, wo im Sommer täglich Führungen durch die rund 9 Hektar umfassende Baumschule mit 1500 Baumarten aus allen Kontinenten durchgeführt werden. Das Arboretum ist das größte seiner Art in Italien.

Öffnungszeiten: Mitte Juni bis September Montag bis Freitag von 9-12 und 13-17 Uhr, Samstag, Sonn- und Feiertage von 10-18 Uhr.

VON VALLOMBROSA NACH SECCHIETA

Das Gewitter des Vortags hatte tatsächlich die Hitze „gebrochen". Als Julia am Sonntag früh aufwachte, war die Luft klar und roch schon eine Spur herbstlich. Sie steckte einen Pullover und den K-way in ihren Rucksack, außerdem ein Kopftuch, um sich vor der Sonne zu schützen und frühstückte lediglich Kekse, die sie in eine Tasse Milch tunkte. Dann packte sie zwei der gestern gekauften Pfirsiche als Wegzehrung vorsichtig in Servietten und ebenfalls in den Rucksack. Gegen 7 Uhr machte sie sich mit der Vespa auf Richtung Reggello. Von dort folgte sie den Schildern nach Vallombrosa und begann in Pietrapiana den 12 Kilometer langen Anstieg.

Die Vespa röhrte immer müder. Julia bemühte sich, nicht auf die sinkende Benzinanzeige zu schauen und überholte mühsam zwei Radfahrer, die mit zusammengepressten Lippen den steilen Berg erklommen, um dann den Consuma-Pass zu nehmen und ins Casentinotal abzufahren.

Nach wenigen Minuten war es dann doch geschafft und sie gelangte nach Saltino. Der Ort war vor hundert Jahren das „St. Moritz Italiens" gewesen. Die Regierung verlagerte im Sommer ihre Sitzungen in die frische Höhenluft, wo auch die Königsfamilie urlaubte. Hotels mit klingenden Namen wie „Croce di Savoia", „Grand Hotel" und „Belvedere" bezeugten die längst verflossene Glorie. Bis 1922 gab es sogar eine Zahnradbahn, die Touristen in weniger als einer Stunde die 850 Höhenmeter vom Tal hier hoch befördert hatte.

In Saltino machte Julia an der einzigen Bar eine Pause und deckte sich mit Wasser und einem *Panino* ein. Dann fuhr sie noch einen Kilometer weiter, bis sie an ein chaletartiges Holzhaus kam, das ein bis nach Florenz bekanntes Spezialitätenrestaurant war. Hier stellte sie die Vespa im Schatten von hohen Tannen ab. Links vom Restaurant ging ein direkter, aber sehr steiler Weg hoch nach Macinaia und Secchieta, während sich rechter Hand ein breiter Weg in Schleifen gemächlich zu denselben Zielen hochwand. Julia beschloss, es langsam angehen zu lassen und entschied sich für die bequeme Variante.

Der Wald von Vallombrosa ist eine der größten zusammenhängenden Waldflächen Italiens. Die Mönche der gleichnamigen Benediktinerabtei, die sich eine Kurve weiter befindet, hatten seit dem 14. Jahrhundert riesige Flächen mit Weißtannen bepflanzt, deren Holz zum Bau und zur Restaurierung der Deckenbalken der Palazzi von Florenz dienten.

Julia war nicht die einzige, die an diesem sonnigen Sonntagmorgen die Frische des Berges suchte. Vallombrosa ist im Sommer ein beliebtes Ausflugsziel der Florentiner, die auf der riesigen Wiese vor der Abtei picknicken.

Je weiter Julia sich von der geteerten Straße entfernte, desto weniger Personen begegneten ihr. Schließlich sah sie niemanden mehr und sog tief den Duft der Tannennadeln ein. Die Stille wurde nur von den Trillern der Waldvögel und dem Knacken der trockenen Zweige unter ihren Schritten durchbrochen.

Je höher sie stieg, desto mehr veränderte sich die Vegetation und statt der Weißtannen gaben nun vornehmlich Buchen den Ton an. Noch waren keine Pilzesammler auf der Suche nach den begehrten Steinpilzen unterwegs, da es erst tags zuvor geregnet hatte. In zehn Tagen würden die Sammler unter jede Buche in Gipfelnähe kriechen.

Nach ungefähr einer Stunde Fußmarsch entlang dem gut beschilderten Weg erreichte sie die Lokalität Macinaia, wo in einer schattigen Ecke hölzerne Esstische und Bänke aufgestellt waren, die zum Verweilen einluden. Da sie allein war, legte Julia bequem die Beine auf die Bank, nahm einen Pfirsich aus dem Rucksack, der tatsächlich schon einige braune Flecken bekommen hatte und biss in die saftige Frucht.

In Macinaia konnte man wählen: links brachte ein Weg den Wanderer direkt hoch nach Secchieta, rechts führte ein Eselssteig zum Croce al Cardeto, einer Senke zwischen zwei Berggipfeln, die zudem in die befahrbare ungeteerte „Strada Panoramica" mündete, die entlang dem Pratomagnomassiv verlief. Dieser Punkt eignete sich deshalb auch als Anfang für Exkursionen, da man das Auto bequem abstellen konnte und bot zugleich ein schönes Panorama ins Casentinotal wie in den Valdarno. Da es noch früh am Morgen war und sie reichlich Zeit hatte bis zur Verabredung mit den anderen, beschloss Julia den längeren Weg zu nehmen.

Die Sonne stieg höher und nach dem gestrigen Gewitter war die Luft vom Staub gereinigt und so klar, dass sie die Landschaft auf den gegenüberliegenden Hügeln des Chianti erkennen konnte. Die grünen Blätter der Bäume ringsum wiegten sich sanft im leichten Wind. Es war einer jener besonderen Momente, die als blitzartige Erinnerungen noch Jahre später unwillkürlich wieder vor Augen treten.

Julia genoss die Einsamkeit und hing ihren Gedanken und den Begegnungen der letzten Tage nach. Gestern am Fluss war Merkwürdiges geschehen. Für einen Nachmittag schienen alle persönlichen Vorurteile und gesellschaftlichen Vorbehalte aufgehoben. Serena, die ihr zuvor unnahbar und auch ein bisschen arrogant erschienen war, hatte plötzlich Sinn für Humor gezeigt, besonders wenn Simon ihr Aufmerksamkeit schenkte. Serena hatte es ihm keineswegs übelgenommen, als er sie mit ihren sorgfältig drapierten Locken untertauchte. Als sie mit zerzaustem, patschnassem Haar wieder auftauchte, schien Serena eine gewöhnliche, hübsche junge Frau. Nach einiger Zeit waren alle ausgekühlt, hatten ihre Handtücher genommen und sich nebeneinander auf den efeubedeckten Waldboden gelegt, um sich in der Sonne zu wärmen.

Lorenzo hatte Julias Handtuch behutsam ein paar Zentimeter von einer Pflanze weggezogen: *„Pass auf, dass du sie nicht zerdrückst. Das ist eine Pestwurz."* Und so hatten sie sich über die Flora des Waldes unterhalten, während ihre Körper sich beinahe berührten. Für einen Augenblick hatte Julia dem Impuls nachgeben wollen, Lorenzo mit ihren Reizen zu provozieren, um seine Reaktion zu erfahren. Dann jedoch hatte Julia an die Freundschaft gedacht, die sich gerade zwischen ihnen zu entwickeln begann und sich eines anderen besonnen.

Julia ging um eine felsige Bergnase nach links. Vor ihr eröffnete sich ein herrlicher Bick auf den Valdarno, während nur wenige Meter entfernt die Berghütte Capanna delle Guardie Wanderern als Quartier und Zuflucht zur Verfügung stand. Vor der Hütte hatte es sich eine Familie bequem gemacht. Julia fand, dies sei eine gute Idee, setzte sich vor das Panorama auf eine Bank und packte ihre restliche Verpflegung aus.

Nach wenigen Minuten wurde es ihr allerdings auf der Bank in der Sonne zu heiß, weshalb sie in Richtung Croce al Cardeto aufbrach. Weit konnte es ja nicht mehr sein. Sie genoss den Schatten des ebenen Waldwegs, über sich hörte sie lediglich das regelmäßige Flap Flap Flap dreier riesiger Windräder. Nach ungefähr zwanzig Minuten sah sie, wie sich der Wald vor ihr öffnete. *„Geschafft"*, dachte sie und schritt erwartungsvoll auf die lichte Kuppe zu.

Croce al Cardeto war die schmalste Stelle des langgezogenen Pratomagno-Gebirges. Deshalb konnte man von hier sowohl den Valdarno als auch das Casentinotal überblicken. Die breite ungeteerte Panoramastraße, die gipfelnah den Rücken des Pratomagno entlanglief, lag nur ein paar Meter entfernt.

Plötzlich brach direkt vor Julia von links aus dem Gebüsch eine schneeweiße Kuh hervor und kreuzte mit schwerfälligen Bewegungen ihren Weg. Weitere vier oder fünf Kühe folgten der ersten und Julia sah, dass auch die offene Bergkuppe vor ihr von weißen Rindern besetzt war, die ihr fast so massig erschienen, wie die Chianina-Rasse, die weltgrößten Tiere dieser Art. Manche Rinder fraßen am Wegrand vor sich hin, manche standen regungslos und alle schauten Julia aus riesigen, schwarzen Augen an. Als Julia hinter sich ein Geräusch hörte und sich umwandte, sah sie, wie aus dem Ginstergebüsch zu ihrer linken weitere Rinder erschienen und ihr den Rückweg abschnitten.

Darauf war Julia nicht gefasst. Im Nu war sie von der Herde eingekreist. Kein Mensch und kein Auto waren zu sehen. Die Straße lag vielleicht zwanzig Meter entfernt. Vor Julia schwang sich ein steiler Hang zum nächsten Gipfel empor. Was sollte sie tun? Sie versuchte ein paar Schritte in Richtung Straße zu machen. Die schwarzen Augen verfolgten jede ihrer Bewegungen und ein Stier mit gebogenen Hörnern trottete auf sie zu. Fieberhaft überlegte Julia, was besser sei: schreien und hoffen, dass jemand sie hörte? Rennen und hoffen, dass es ihr gelang zu entkommen?

Da sah sie von der baumlosen, steil abfallenden Hügelkuppe vor sich einen farbigen Punkt, der sich auf sie zu bewegte. Nach etlichen Sekunden erkannte Julia, dass es sich um einen Reiter handelte. Sie versuchte, sich langsam in seine Richtung zu bewegen, um ihn auf sich aufmerksam zu machen. Ihr bunt geblümtes Kopftuch, das sie im Bandanastil als Sonnenschutz um den Kopf trug, sollte doch zwischen den weißen Rindern auffallen?

Und wirklich hielt der Reiter auf dem dunklen Pferd genau auf sie zu. Er beeilte sich nicht, sondern trottete Schritt für Schritt der Szenerie entgegen. Die Rinder wandten die Augen von Julia ab und verfolgten den Reiter, der ungerührt mitten durch die Herde ritt, als sei sie gar nicht vorhanden. Kein Rind tat einen Schritt, alle schienen zu Eis erstarrt.

Als der Reiter nur noch wenige Meter entfernt war, erkannte Julia Marco und er sie. *„Na Signorina, wieder in Schwierigkeiten?"* grinste er, die Zigarette im Mundwinkel. *„Komm langsam hierher."* Mit einem Mal war Julias Angst verflogen und sie ging zu Marco, der vom Pferd geglitten war und sie mit einem Lächeln begrüßte. *„Sitz auf."* Julia tat wie er ihr sagte und Marco führte Fulmine am Zügel im Slalom durch die Rinderherde, die die beiden und das Pferd mit den Augen begleiteten, ohne sich zu rühren.

So gingen sie die Strada Panoramica entlang Richtung Secchieta. *„Wenn du nicht gekommen wärst, hätte ich nicht gewusst, was tun, danke"*, fing Julia an, aber Marco ging nicht darauf ein und erkundigte sich, wie Julia die letzten Tage verbracht hatte. Julia erzählte also von Gorgiti und Rocca Ricciarda. Dann sagte sie, dass heute ihr letzter Tag in Italien sei, denn morgen würde sie abreisen. Marco sah sie mit seinem von der Sonne gegerbten Gesicht an und seine Augen verengten sich für einen Moment zu winzigen Schlitzen, als sei ihm der Gedanke unangenehm.

Die Rinder lagen nun weit hinter ihnen und Julia stieg ab, so dass beide nebeneinander gingen. Rechts öffnete sich weit das Casentinotal, hinter dem sich in der Ferne die Berge des Appenin türmten. Das Casentinotal schnitt sozusagen den Pratomagno, der eigentlich ein Ausläufer des Appenin war, von der restlichen Gebirgskette ab.

Julia wünschte sich, die Minuten würden nicht vergehen und auch Marcos Schritte schienen immer langsamer zu werden. Sie erzählte Marco von ihrer Gastfamilie in San Giovanni, die sie in den wenigen Tagen ihres Aufenthalts bereits ins Herz geschlossen hatte.

Der Weg war kurvig und ab und zu wichen sie einem Auto aus, das sie im Vorbeifahren in eine Staubwolke hüllte. Dann erzählte sie ihm von Masaccio und der Frage, die sie seit ihrer Ankunft beschäftigte, nämlich warum Masaccio die Welt so dargestellt hatte, wie sie tatsächlich war. Marco überlegte einen Augenblick und sagte dann: *„Vielleicht weil er für die einfachen Menschen malte?"*

Julia ließ sich den Satz durch den Kopf gehen und der Gedanke schien ihr gar nicht so abwegig. Masaccio war in schwierige Zeiten hineingeboren. Die Kirche befand sich in einer tiefen Krise, das abendländische Schisma hatte dazu geführt, dass schließlich drei Päpste den Petersthron für sich beanspruchten. Das Konzil von Konstanz hatte von 1414 bis 1418 versucht, wieder eine Ordnung herzustellen. Doch das Volk war die Prunk- und Besitzsucht der Amtskirche seit langem leid und pochte auf eine grundsätzliche Reformierung und Wiederbesinnung auf die apostolische Lehre. Seit dem 13. Jahrhundert hatten Bettelorden, die auf persönlichen Besitz verzichteten, enormen Zulauf. Einer dieser Orden, die Karmeliter, waren die Herren der Kirche, in der Brancacci den Bilderzyklus des Heiligen Petrus in Auftrag gab. Masaccio, dem Äußerlichkeiten wenig bedeuteten, legte sein Augenmerk auf die Vermittlung des Wesentlichen – und auf die Natur.

„Wieso bist du an deinem letzten Tag ausgerechnet hier oben?", erkundigte sich Marco. Diese Frage versuchte sich auch Julia zu beantworten. Sollte sie ihn

einweihen, dass die Natur, dass auch die Begegnung mit ihm ihre Prioritäten verschoben hatte? Julia sagte nichts darüber und erzählte ihm stattdessen, dass sie in einem Gasthaus in Secchieta mit Freunden verabredet sei.

Für einen Augenblick legte sich ein Schleier über Marcos Augen und er sagte nur: „Capisco" - (Ich verstehe). Sie gingen vorbei an den drei Windrädern, die sich jetzt zu ihrer Linken gleichmäßig entgegen dem Uhrzeigersinn drehten. Vor ihnen lag der Berggipfel Secchieta mit seinen Antennen, die Fernseh- und Radioprogramme in die Toskana streuten.

Als Secchieta bereits greifbar nah lag, wurde der ungeteerte Weg zu einer asphaltierten Straße, die direkt hinunter bis nach Vallombrosa führte. Hier stieg Marco mit langsamen Bewegungen wieder auf Fulmine und sagte: „Ich muss zurück. In zwei Minuten bist du am Gasthaus." Julia spürte einen Kloß im Hals und es gelang ihr nur „Ciao, e grazie per tutto" zu hauchen. Marco beugte sich zu ihr hinunter und küsste sie behutsam auf die Stirn: „Stammi bene" - (Mach's gut) wünschte er ihr, zog dann energisch am Zügel, so dass Fulmine sich um die eigene Achse drehte, und entfernte sich langsam, während er sich eine neue Zigarette ansteckte.

ABSCHIED

Kaum hatte Julia den Gasthof erreicht, da sah sie schon Lorenzo, Simon und Serena, die sie mit großem Hallo auf dem Parkplatz begrüßten.

Julia berichtete von ihrer Wanderung, die Episode mit den Rindern und die Begegnung mit Marco ließ sie allerdings aus. Ihre Gedanken kehrten auch während der folgenden Stunden immer wieder zu ihm zurück. Es kam ihr vor, als hätte sie durch ihren Aufenthalt in der Toskana ein Puzzle der Bausteine ihres Lebens zusammengesetzt. Vieles wurde ihr klarer, was ihre Zukunft und ihre Prioritäten anbetraf. Sie hatte neuen Elan gewonnen, um sich weiter mit Masaccio und der Renaissance zu beschäftigen und tiefergehende Fragen zu stellen. Sie war glücklich über die neuen Freundschaften, die sie in der letzten Woche geschlossen hatte. Ein Puzzlestück jedoch fehlte und Julia glaubte, dies hinge mit Marco zusammen. Doch so viel sie auch darüber nachdachte, die Chance war vertan.

Das hausgemachte Essen im Gasthof war einfach aber wohlschmeckend. An Holztischen aßen sie *Crostini misti,* handgemachte *Ravioli* mit Butter und Salbei und eine gemischte Grillplatte von Huhn, Schwein und Hase. Simon und Lorenzo hatten sich dazu ein Bier einer kleinen lokalen Brauerei bestellt, das mit Kräutern des Pratomagno hergestellt wurde.

Serena erzählte von ihrem morgendlichen Ausflug nach Arezzo und Simon, der Arezzo vorher ebenfalls noch nicht besucht hatte, fiel begeistert ein, wie schön die beschauliche Kleinstadt im Vergleich zum überlaufenen Florenz sei. „*Die Kirche des San Francesco mit der Legende des wahren Kreuzes von Piero della Francesca hätte unserer Kunsthistorikerin sicher auch gefallen*", meinte Simon, der neben Julia saß.

„*Und wie war der Antiquitätenmarkt?*", fragte Julia in die Runde. Lorenzo, der ihr gegenüber saß, griff in seine Tasche, zog ein kleines, in rotes Seidenpapier gewickeltes Etwas hervor und legte es vor Julia auf den Tisch: „*Das ist für dich von uns Dreien, als Andenken.*"

Julia war sprachlos, damit hatte sie nicht gerechnet. Als sie die kleine Schmuckschatulle öffnete, kam ein zartes Armband mit vier schmalen ineinander gedrehten silbernen Strängen zum Vorschein.

„*Serena hat es auf einem Stand unter der Loggia von Vasari entdeckt*", setzte

Lorenzo hinzu. *„Damit du uns in guter Erinnerung behältst."* Gerührt umarmte Julia Serena, Lorenzo und Simon und es fehlte nicht viel und ihr wären die Tränen gekommen.

Der Nachmittag war schon fortgeschritten, als sie sich aufmachten, den Berg in Richtung Vallombrosa zu verlassen. Die Straße war schmal, aber frisch asphaltiert, so dass die Fahrt ohne Hindernisse verlief.

Zurück in Vallombrosa hielt Lorenzo vor dem Restaurant und fragte Julia, ob sie lieber mit dem Auto zurück nach San Giovanni fahren würde, er oder Simon könnten die Vespa zurückbringen. Julia lehnte dankend ab, der Abschied würde ihr immer schwerer fallen, je länger sie ihn hinauszögerte. So verabschiedeten sie sich alle unter den Riesentannen. Lorenzo sagte, er müsse noch am Nachmittag zurück nach Pisa fahren und Simon würde ihn begleiten, um sich die Stadt anzuschauen und dann morgen mit dem Zug heimkehren, wenn Julia schon abgefahren war.

Julia zog es vor, mit ihren Gedanken allein zu sein. Zum ersten Mal in den Tagen ihres Aufenthaltes verstand sie die Italiensehnsucht der Deutschen in den vergangenen Jahrhunderten und Goethes Satz, als er in der ersten Italienischen Reise von Italien Abschied nehmen musste: *„In Rom hab' ich mich selbst zuerst gefunden, ich bin zuerst übereinstimmend mit mir selbst glücklich und vernünftig geworden."*

So und ähnlich dachte Julia auf ihrer Rückfahrt. Marta und Marcello empfingen sie zuhause und als Marta Julia bei ihrer Ankunft wortlos an sich drückte, merkte Julia, dass es Lorenzos Eltern ähnlich ging wie ihr selbst. Marcello versuchte alle aufzuheitern: *„Heute Abend gehen wir alle schick essen."*

Gegen 20 Uhr brachen sie in der Abenddämmerung zu Fuß auf in die Innenstadt. Ein letztes Mal ging Julia den Corso entlang, blickte in die dunklen Chiassi und nahm Abschied von den Tauben, die auf den Fenstersimsen saßen und sich mit einem Warnruf in die Luft schwangen.

Hinter dem Museum der „Terre Nuove" deutete Marcello links auf die Kirche San Lorenzo: *„Wusstest du, dass in einem Pfeiler der Kirche ein Mensch eingemauert ist? Hinter einem hölzernen Verschlag am Eingang rechts befindet sich ein Skelett. Manche sagen, es handle sich um Masaccio. Aber das ist eine Legende."* Die Stadt barg immer neue Überraschungen.

Das Restaurant, an dem schon der Name himmlisch war, befand sich in einer kleinen Gasse neben der Basilika. Marcello erzählte noch die Geschichte der Monna Tancia, als Ende des 15. Jahrhunderts in San Giovanni die Pest ausbrach und zwei Drittel der Bevölkerung dahinraffte. Ein Baby war Waisenkind geworden, nachdem seine Eltern beide an der Krankheit gestorben waren. Aus Angst vor Ansteckung wollte keine Frau der Stadt den Kleinen stillen. Die einzig noch lebende Verwandte des Babys, seine Großmutter, betete am Stadttor zur Madonna um Hilfe und am nächsten Morgen war die über Siebzigjährige in der Lage, ihren Enkel zu stillen. Es hieß, dass selbst Lorenzo de' Medici herbeieilte, um das Wunder zu sehen. An der Stelle, an der das Gebet der Großmutter erhört worden war, wurde später die Basilika erbaut.

Während sie sich im gut gefüllten Restaurant eine Riesenplatte *Antipasti* teilten, sprachen sie über die vergangene Woche. Julia hatte viel gesehen und noch mehr war passiert. Versonnen drehte sie mit den Fingern der linken Hand an dem silbernen Freundschaftsarmband. Es waren die kleinen Dinge, die sie am meisten beeindruckt hatten, das Lächeln und die persönlichen Worte der „Barista", wenn sie morgens ihren *Caffè* bestellte, die Herzlichkeit der Lehrerin Annamaria, die „Italianità", das wirkliche italienische Leben, das sie bei der Degustation in der Cantina oder in den verschiedenen Restaurants erlebt hatte. Und natürlich zuallererst die Begegnungen, die sie nicht vergessen würde.

Die Eingangstür öffnete sich und Julia blickte auf und sah den stiernackigen Politiker mit den enorm großen Füßen durch den Türrahmen treten. Hinter ihm folgte eine etwa zwanzig Jahre jüngere Blondine auf hohen Hacken und in knappem Ledermini. Sie überragte ihn um fast zehn Zentimeter und als die beiden von der Bedienung zu einem Tisch auf einer kleinen Empore geführt wurden, nahm die Blondine einen Kaugummi aus dem Mund zwischen ihren knallroten Lippen und steckte ihn mit einer schnellen Bewegung im Vorbeigehen in eine Blumenvase.

Während die *Linguine all'astice* serviert wurden, spähte Julia immer wieder vorsichtig zu den beiden hinüber und sah, wie die Blondine ihre langen Haare hinters Ohr strich. Schließlich beugte sich der Feiste zu ihr hinüber und berührte ihr Ohrläppchen, um ihre Ohrringe besser begutachten zu können.

In diesem Moment ging Julia ein Licht auf. Die kleinen Gegenstände, die der Politiker Freitagmorgen am Fenster des Architektenbüros gegen die Sonne begutachtet hatte, waren die Ohrringe gewesen. Rasch flüsterte sie Marta und Marcello zu, was sie von ihrer Schule aus gesehen hatte. Marcello lächelte kurz und ein bitterer Zug spielte um seinen Mund: *„Es sollte mich nicht wundern, wenn wir die nächsten Tage hören, dass ein neues großes Bauprojekt realisiert wird."* - *„Ich hätte da auch schon eine Idee, um was es sich handeln könnte"*, begann Julia. - *„Pst"*, unterbrach sie Marta, *„sie können uns hören. Sprechen wir von etwas anderem."*

Der Hauptgang war die Spezialität von San Giovanni, *Stufato alla San Giovannese*, ein pikant gewürztes Ragout, das bei den sommerlichen Temperaturen Julia kleine Schweißperlen auf die Stirn trieb. Sie beschlossen das Essen mit einem *Tiramisu*. Dann gingen sie, wie in Italien üblich, an die Kasse um zu zahlen. Julia vermied beim Hinausgehen jeden Blick in Richtung des Feisten.

Vor der Tür warteten Marta und Marcello auf die Eltern von Serena, mit denen sie sich auf einen Drink und einen abendlichen Spaziergang durch die Stadt verabredet hatten. Julia hatte ihnen gesagt, dass sie es vorzog nach Hause zu gehen und ihren Koffer zu packen, denn ihr Zug morgen ging früh.

Serenas Eltern trafen ein. Wie am Dienstag waren beide elegant gekleidet. Während sich die beiden Paare begrüßten und Julia sich von allen verabschiedete, trat der Feiste mit einer Toscano in der Hand aus der Restauranttür. Im Dunkel der Nacht versuchte er, sich die Zigarre anzuzünden, aber das Feuerzeug funktionierte nicht. Julia beobachtete, wie Serenas Vater beiläufig zu dem Feisten trat und ihm wortlos Feuer gab.

Als Julia sich ein paar Minuten später auf der Hauptstraße wiederfand, ging sie kurz zum Geburtshaus Masaccios, um sich von ihm zu verabschieden und danach langsam den Corso hinunter nach Hause.

Die Nacht war sternenklar und sie blickte zum Himmel auf den zunehmenden Mond und erinnerte sich, dass die Nacht von San Lorenzo bevorstand. Sie strengte ihre Augen an, ob vielleicht eine Sternschnuppe herabfiel und dachte unvermittelt an Ovids Abschied von Rom, als er ins Exil gehen musste:

Cum repeto noctem, qua tot mihi cara reliqui,
labitur ex oculis nunc quoque gutta meis.

Wenn ich mir die Nacht vergegenwärtige, in der ich so viele mir liebe
Dinge zurückgelassen habe,
gleitet auch jetzt noch aus meinen Augen eine Träne.

Sie ging schneller, damit es ihr nicht genauso ging wie Ovid und beeilte sich, durch die vom schwachen Licht der Laternen notdürftig beleuchteten Straßen zum Haus der Bonatti zu gelangen.

Als sie am Haus ankam, löste sich eine Gestalt aus dem Dunkel unter dem Dach der Gartentür, trat ins Licht auf Julia zu und sagte mit weicher Stimme: *„Endlich bist du da, ich warte schon eine ganze Weile."* Als Julia die Gestalt erkannte, breitete sich auf ihrem Gesicht ein freudiges Lächeln aus.

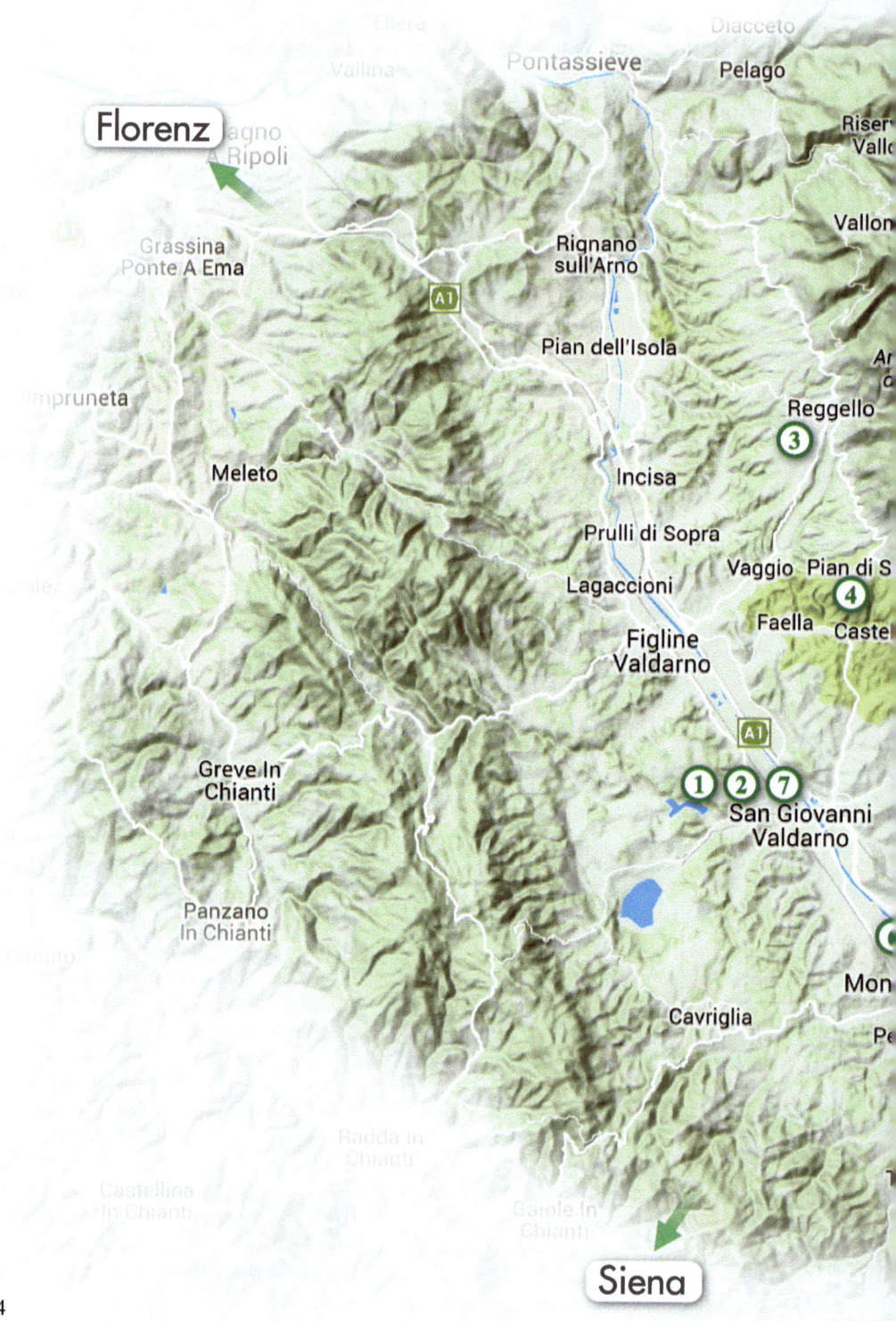

Florenz

Riser
Vallo

Pelago

Diacceto

Pontassieve

Vallina

agno
A Ripoli

Vallon

Grassina
Ponte A Ema

Rignano
sull'Arno

Impruneta

A1

Pian dell'Isola

Ar
O

Meleto

Reggello

③

Incisa

Prulli di Sopra

Vaggio   Pian di S

Lagaccioni

④

Faella

Figline
Valdarno

Caste

A1

Greve In
Chianti

① ② ⑦

San Giovanni
Valdarno

Panzano
In Chianti

Donato

Mon

Cavriglia

Pe

Radda In
Chianti

Gaiole In
Chianti

Castellina
In Chianti

Siena

1. MUSEUM DER "TERRE NUOVE"
   PIAZZA CAVOUR 15, SAN GIOVANNI, S. 33

2. CASA MASACCIO
   CORSO ITALIA 83, SAN GIOVANNI, S. 39

3. MUSEUM MASACCIO "D'ARTE SACRA"
   VIA CASAROMOLO 2/A, CASCIA - REGGELLO, S. 55

4. ABTEI BADIA A SOFFENA
   VIA DI SOFFENA 2, CASTELFRANCO, S. 59

5. MUSEUM VENTURINO VENTURI
   PIAZZA GIACOMO MATTEOTTI 7, LORO CIUFFENNA, S. 63

6. ARCHÄOLOGISCHE SAMMLUNG DES PALÄONTOLOGISCHEN MUSEUMS
   VIA POGGIO BRACCIOLINI 40, MONTEVARCHI, S. 69

7. MUSEUM DER BASILIKA
   PIAZZA MASACCIO 8, SAN GIOVANNI, S. 73

8. BESUCHERZENTRUM VALLOMBROSA
   VIA SAN GIOVANNI GUALBERTO, VALLOMBROSA - REGGELLO, S. 123

La Pieve-molino

el Protetta
Locale...

Talla

Loro
Ciuffenna
5

Capolona

Castelnuovo

San Giustino
Valdarno

Castiglion
Fibocchi

Giovi-Ponte
Alla Chiassa

nova
olini

Laterina

Levane A1

Quarata

Bucine

Ponticino

Pratantico-indicatore

Pergine
Valdarno   A1

Arezzo